AF290346

BoD
BOOKS on DEMAND

Marten Steppat

Die Schlüssel der Macht

Buch 3 der Kumono-Saga

Bibliografische Information der Deutschen Nationalbibliothek:
Die Deutsche Nationalbibliothek verzeichnet diese Publikation in der Deutschen Nationalbibliografie; detaillierte bibliografische Daten sind im Internet über http://dnb.dnb.de abrufbar.

© 2018 Marten Steppat
Illustration: Marten Steppat

Herstellung und Verlag:
BoD – Books on Demand, Norderstedt

ISBN: 978-3-7460-5566-4

Inhaltsverzeichnis

Kapitel 1: Aufbruchstimmung

Der Regenbogen-Schmetterling landete auf einem großen, flachen Stein im Eingang einer kleinen, einladenden Höhle. Rankenpflanzen wuchsen über große Teile des Höhleneingangs. Gut geschützt vor Wind und Wetter ließ er hier seine regenbogenfarbenen Flügel sinken und ruhte sich aus. Ein paar funkelnde Partikel regenbogenfarbenen Staubes lösten sich sanft von seinen Flügeln und rieselten auf den Stein.

Er war müde. Er hatte das aufregende und abwechslungsreiche Leben eines Regenbogen-Schmetterlings gelebt. Er hatte eine große und interessante Welt kennenlernen dürfen und hatte sich frei entwickeln und entfalten können, ohne den Gefahren zu unterliegen, welche diese Freiheit mit sich bringen konnte.

Er war satt. Er hatte ausgiebig alle Sorten von köstlichem Nektar kosten und genießen dürfen, die seinen Körper genährt und gestärkt hatten. So befriedigend es bis jetzt auch gewesen sein mag, die Bedürfnisse waren nun gestillt. Endgültig.

Er war fertig. Er spürte genau, dass für ihn ein Weg und eine Zeit zu Ende ging. Obwohl er keine besonderen Erinnerungen an die Vergangenheit besaß, war es ein vertrautes Gefühl, welches er schon einmal erlebt haben musste. Was würde als nächstes kommen? Ein neuer Weg? Eine neue Zeit?

Er war sorgenfrei. Zufrieden und ohne Erwartungen ahnte er, dass noch irgendwas passieren würde. Doch das kümmerte ihn jetzt nicht. Einen Augenblick lang einfach nur sein, das war genug.

Zufriedenheit und Glück durchströmten ihn.

*

Ion betrat die Bühne. Das helle Licht blendete ihn zuerst so sehr, dass er nichts weiter sehen konnte. Schemenhaft erkannte er Gestalten im Publikum, hauptsächlich Wissenschaftler und Techniker. Er hörte Applaus, doch er hatte das Gefühl, dass er nicht ihm galt. Vor ihm stand eine Person auf der Bühne. Sie trug einen langen, dunkelblauen Umhang mit goldenen Rändern, einer goldenen Sternblume und einem kleinen Stern darüber. Die Person drehte ihm den Rücken zu, doch er erkannte ihn sofort.

„Unser neustes Modell", verkündete Zent stolz in Siegerpose und forderte das Publikum zu mehr Beifall auf, den er auch bekam. Zent drehte sich nun zu Ion um, nahm ihn selig lächelnd fast liebevoll am Arm und führte den Verwirrten vorsichtig ein paar Schritte weiter nach vorne auf die Bühne, wo er ihn strahlend dem Publikum präsentierte. Ion sah das Abzeichen eines Mediators an Zents Brust. Er schaute an sich selber herunter und stellte fest, dass er selbst nur das Abzeichen eines Richters trug. Richter waren dem Mediator unterstellt.

„Intelligent, sozial, fähig zu eigenständigem Handeln und Denken", gab Zent von sich. Der Applaus verebbte und unmutiges Murmeln machte sich an seiner Stelle breit. Als hätte er damit gerechnet machte er sogleich eine beschwichtigende Geste. „Ich weiß, ich weiß", wandte er im verständnisvollen Ton ein, „das klingt erstmal völlig kontraproduktiv."

Er schaute Ion direkt ins Gesicht, stolz wie ein Vater auf seinen Sohn, der gerade etwas großartiges geleistet hatte. Er berührte ihn sanft am Arm und sagte zum Publikum, ohne das Gesicht von Ion abzuwenden: „Aber genau deswegen wird er auf Grund seiner Programmierung und ganz ohne weitere Anweisungen exakt das tun, was wir von ihm wollen."

Ungläubiges Raunen ging durch die Menge.

„Werde ich nicht", widersprach Ion im festen Tonfall.

Als ob er gerade eine Bestätigung für Zents Worte geliefert hätte, wallte der Applaus des Publikums wieder auf. Stimmen äußerten sich optimistisch.

Ion runzelte die Stirn, während er sich misstrauisch umschaute. „Nein!", sagte er energisch.

Der Applaus verstärkte sich. Die Menge war begeistert. Verschiedene Leute standen auf, um ihrem Beifall mehr Ausdruck zu verleihen. Ion schüttelte ungläubig den Kopf. Angst packte ihn.

Zent lächelte ihn glücklich an und streichelte ihm über den Rücken. „Wach auf, mein Bruder", raunte er ihm liebevoll zu. „Wir haben Dich exakt so erschaffen, wie wir Dich haben wollten."

Schweißgebadet schreckte Ion hoch.

„Was für ein schrecklicher Traum", murmelte er in die Dunkelheit und verharrte einen Augenblick, um sich zu sammeln. Seine Frau Shana lag neben ihm und atmete tief und ruhig.

Der Mediator Ion drehte die Lichtkugel über dem Bett ein wenig auf, stand langsam und umständlich auf und tastete im Regal herum. Schließlich fand er ein Schmerzpflaster, das er sich umgehend auf die Brust drückte, nahe seines künstlichen Armes. Sofort entspannte er sich und atmete tief durch. Dann wandte er sich der großen, schweren Truhe zu und entnahm ihr seine Ausrüstung.

„Auf zur Arbeit", erklärte er. Dann stockte er für einen Augenblick und stellte sicher, dass sein Abzeichen auch wirklich noch immer das eines Mediators war.

*

Bero stand auf dem Ratsplatz nahe der Tech-Säule, zusammen mit Leuten, die seine Aufmerksamkeit verlangten. Hektisch wandte sich der große, muskulöse Richter hin und her, um allen Anwesenden gerecht zu werden. Als Richter hatte er die Aufgabe, zwischen den Menschen seines Dorfes zu vermitteln, Lösungen für ihre Bedürfnisse zu finden und Entscheidungen zu fällen, welche die Gemeinschaft betrafen.

Bis vor kurzem war dies Ions Aufgabe gewesen. Er hatte seinem Freund die Aufgabe abgetreten, nachdem er das Amt eines Mediators eingenommen hatte. Während ein Richter sich um die Belange der Bürger kümmerte und dafür zuständig war, dass diese möglichst reibungslos miteinander leben konnten, war es die Aufgabe eines Mediators, sich um die Belange der Richter zu kümmern, Aufgaben unter ihnen zu verteilen und in Streitfragen das letzte Wort zu sprechen.

Ion näherte sich Bero und hörte interessiert zu, wie dieser mit den Leuten sprach und seine Aufgabe bewältigte.

„Es macht überhaupt keinen Sinn, hier in Geroda ein Gebäude wie den Turm von Tekion zu bauen", erklärte Richter Bero kopfschüttelnd einem seiner Mitmenschen. „Nein, auch nicht außerhalb des Dorfes", warf er schnell hinterher, als der Bürger den Mund öffnete und einen vorhersehbaren Einwand formulieren wollte, den er in seinem Vorschlag vorher bereits erwähnt hatte. „Schau mal, dafür ist doch der Turm von Tekion bereits da und bietet wirklich bereits alles, was Du brauchst – und noch viel mehr. Vielleicht willst Du Dir erst mal anschauen, welche Möglichkeiten Du dort hättest. Auch wenn ein Wohnortswechsel vielleicht dafür umständlich erscheint. So viele Computer und Maschinen dort warten geradezu darauf, dass sie wieder sinnvoll eingesetzt werden. Gib ihnen eine Chance!", mahnte er und wies damit die Forderung ab.

Er wandte sich an den nächsten. „Du hast Recht. Mit den Fahrzeugen sollte nur auf den Hauptstraßen gefahren werden. Ich werde mich darum kümmern."

Ein weiterer hielt dem Richter Pläne unter die Nase. „Das hast Du ja sehr schön ausgearbeitet", bewunderte der ehemalige Wächter des Dorfes die Dokumente. „Aber ein Labor außerhalb des

Dorfes wäre viel zu gefährlich. Es gibt doch innerhalb der Schutzmauern genug Platz für dein Vorhaben. Frag doch mal Norak, ob er Dir bei der Wahl eines besseren Standortes helfen kann. Und wenn Du von außerhalb der Stadtmauern etwas brauchst, dann tritt mit den Jägern in Kontakt. Sie sind dafür ausgebildet und helfen gerne."

„Kommst Du zurecht?", fragte Ion, nachdem Bero sich um alle Bedürfnisse der Dorfbewohner gekümmert hatte.

In der Ferne liefen ein paar Menschen umher. Die Jäger erkannte man nun daran, dass sie sich von Feen begleiten ließen; kleinen fliegenden Robotern, die mit Kameras und anderen Finessen ausgestattet waren. Techniker machten es sich zur Gewohnheit, sich von Gnomen begleiten zu lassen; kniehohe Roboter, die sich auf mehreren Beinen oder auch auf Rollen fortbewegten und kleine Reparaturarbeiten an technischen Geräten erledigen konnten.

„Eine verantwortungsvolle Aufgabe", stöhnte der große, muskulöse Mann. „Ich weiß nicht, ob ich das auf Dauer kann."

„Du machst das gut", erwiderte Ion. „Du wächst da schon rein. Du bist wie gemacht für die Aufgabe."

Bero fühlte sich geschmeichelt. Dann lachte er laut und herzhaft, wie es seine Art war. „Du weißt, wie Du mich kriegst."

Ion erwartete von seinem groben aber herzlichen Freund einen starken Schlag auf die Schulter oder auf den Rücken, wie es in der Vergangenheit stets dessen Verhalten gewesen war. Er spannte sich an. Doch Bero verzichtete darauf.

Erst vor kurzem hatten beide im Kampf um das Dorf gegen aggressive Tiere ein Auge und einen Arm verloren und hatten schwere innere Verletzungen erlitten. Prothesen modernster Technik ersetzten den Verlust. Stützgewebe hielt sie innerlich zusammen.

Eine Gruppe von Kindern näherte sich Bero in hoher Geschwindigkeit. Sie stürmten energiegeladen und schreiend auf ihn zu und umringten ihn. Ihr Anliegen war klar. Lachend packte Bero sich ein Kind nach dem anderen, hob es mit Leichtigkeit hoch in die Luft, drehte sich einmal und ließ es wieder sicher zu Boden. Dann setzte die Gruppe von Kindern zufrieden ihren Weg zum Unterricht fort.

„Kommst Du mit deinen neuen Körperteilen gut zurecht?", erkundigte Ion sich nach dem gesundheitlichen Zustand seines Freundes. Zufrieden hob Bero seinen künstlichen Arm und machte eine Faust mit nach oben gerichtetem Daumen, das Zeichen für „alles in Ordnung" in der Zeichensprache der Jäger. Mit dem Kinn deutete er auf Ion. „Und Du?", gab er die Frage zurück.

Ion verzog ein wenig das Gesicht und bewegte seinen künstlichen Arm umständlich. „Es schmerzt", antwortete der Mediator.

Besorgt schaute Bero ihn an. „Du brauchst Ruhe", sagte er ernst. Ion nickte. Bero kannte dieses Nicken. Ion stimmte ihm zu, gab aber gleichzeitig wortlos zu verstehen, dass dieser Vorschlag im Augenblick keine Option für ihn war.

„Brauchst Du immer noch Schmerzpflaster?", fragte Bero nach. Ion zögerte kurz und nickte dann. Bero presste die Lippen aufeinander. Er wusste, dass er nichts sagen konnte, um seinen Freund zu einem schonenderen Verhalten sich selbst gegenüber bewegen zu können.

Einen Augenblick standen sie nur so da und schwiegen. Es war kein unangenehmes Schweigen zwischen ihnen, sie genossen oft diese Augenblicke. Schließlich bewegten sie sich zum Lagerfeuer-Platz hinüber, um sich dort auf eine Bank zu setzen.

„Ich platze fast", sagte Bero schließlich, klang dabei allerdings nicht allzu dramatisch, jedoch mit einer gewissen Spannung in der Stimme. Er drehte sich nach links und rechts, um sicher zu gehen, dass niemand in der Nähe war, um ihr Gespräch mit anzuhören. Dann öffnete er den Mund, schloss in wieder und blickte nochmal in der Luft umher, bevor er sich traute zu sprechen.

„Wir haben Kontakt zu unserem Raumschiff, zu unseren Leuten, und wir sagen es keinem? Die Leute müssen es doch erfahren!", entfuhr es dem Richter schließlich.

Ion schmunzelte. In manchen Dingen war Bero sehr geduldig und erwachsen, aber in anderen Dingen war er auch wie ein Kind. Dieses Wissen für sich zu behalten, plagte ihn.

„Dann kannst Du es den Leuten verkünden", entgegnete Ion. „Die Asteara landet morgen", offenbarte er in einem ruhigen Ton.

„Was?“

Bero war ganz aufgeregt.

Ion machte eine abwehrende Geste. „Also nicht das ganze Schiff, sondern eine -“, er stockte und suchte nach dem richtigen Wort. „Fraktion“, sagte er schließlich und schaute Bero dabei aus den Augenwinkeln an.

Der große Richter nickte nur aufgeregt bei dem Wort. „Das ist ja fantastisch“, rief er. In seinem Kopf schien jede Menge vorzugehen. Sein Blick wechselte schnell hin und her zwischen Begeisterung, eifrigen Überlegungen, einfacher Freude und ernsten Gedanken.

Einen ernsten Gedanken sprach er an. „Auch wenn erst mal nur eine kleine Gruppe kommt, wollen ja ganz sicher bald alle Menschen auf den Planeten. Wie viele werden es sein? Haben wir in Geroda Platz für alle? Oder in allen drei Dörfern?“, äußerte er seine Überlegungen.

„Drei?“, fragte Ion.

„Stimmt, Tekion hat natürlich auch noch viel Platz“, wandte Bero ein.

„Du vergisst noch ein Dorf“, erklärte Ion amüsiert und beobachtete Beros Mienenspiel dabei. Anstatt darauf zu warten, dass Bero darauf kam, wovon er redete, sprach er weiter. „Yottos Dorf“, warf er ein. Yotto war gerade erst zum Richter ernannt worden, um die Verantwortung für den Bau eines neuen Dorfes zu übernehmen, dass direkt auf einem natürlichen Höhlensystem errichtet werden sollte. „Ich glaube, es soll Novus heißen.“

„Das Dorf steht doch noch gar nicht", widersprach Bero.

„Die Höhlen bieten bereits ganz natürliche Räumlichkeiten, Schutz und ein gutes Klima", erklärte Ion. „Ich bin sicher, wir können mit Eroms Hilfe in kürzester Zeit alles Notwendige organisieren, was so ein Dorf zum Leben braucht."

Der große Richter wog abwägend den Kopf hin und her. „Aber die Höhlen sind noch gar nicht richtig erforscht", wandte er ein. „Wir wissen fast gar nichts über sie – ob sie stabil sind, ob sie sicher sind, ob nicht riesengroße, unsichtbare Kreaturen darin wohnen."

Mit den letzten Worten ahmte Bero einen Super-Vila nach, in dem er Krallen mit den Händen formte und sich steif von einer Seite zur anderen wog, um so die Gangart der gefährlichen Wesen nachzuahmen.

Ion lachte. „Das ist wahr", stimmte er seinem Freund zu. „Dann wissen wir ja, was wir in den kommenden Tagen zu tun haben. Alles, was wir für eine Untersuchung der Höhlen brauchen, ist bereits auf dem Weg dorthin und wird da auf uns warten", offenbarte er.

„Aber jetzt", verkündete Ion, „darfst Du erstmal die große Neuigkeit verbreiten."

*

Die Menschenmenge vor Geroda feierte ausgelassen. Es war für die verschiedensten Getränke gesorgt, Körbe voller Früchte und Nüsse waren herangeschafft worden, Gebäck wurde serviert und Fleischstücke sowie Omelettes wurden über kleinen Feuern gebraten. Auch Menschen aus den Dörfern Feuertal und Liberin waren gekommen, um an den Feierlichkeiten teilzunehmen.

Droiden, Jäger und Wächter waren in der Umgebung ausgeschwärmt, um am heutigen Tag für besondere Sicherheit zu sorgen. Feen flogen am Himmel umher und überwachten das Gebiet.

Der große Augenblick war gekommen: Das erste Raumschiff würde vor den Toren des Dorfes Geroda landen. Es war Teil der Asteara; Teil des Generationenraumschiffes, mit dem viele Menschen einst gekommen waren, um einen neuen Planeten zu besiedeln: Kumono.

Die Verbindung zur Asteara war für lange Zeit abgebrochen gewesen, seit die große Katastrophe fast sämtliche Technik auf dem Planeten unbrauchbar gemacht hatte und so die Bevölkerung zwang, sich für Generationen hauptsächlich auf das reine Überleben zu konzentrieren. Lange Zeit war das Schicksal des Raumschiffes ungewiss geblieben.

Eine Regenbogenraupe löste schließlich eine Kette von Ereignissen aus, die dazu führte, dass Ion aus Geroda sich gemeinsam mit seinen Freunden auf den Weg machte, die Geheimnisse ihrer Vergangenheit zu ergründen.

Auf der Insel Tekion fanden sie dadurch das ehemalige Zentrum und Steuerungssystem für fast sämtliche Technik des Planeten vor, dessen automatische Wiederherstellungsprozesse sie wieder in Gang setzen konnten. Gnome und Feen, elektronische Hilfsroboter, arbeiten seitdem Tag und Nacht daran, das System zu unterstützen, zu reparieren und zu warten. Mittlerweile ist dieser Prozess fast abgeschlossen.

Droiden, zweibeinige Roboter mit Künstlicher Intelligenz, unterstützen die Menschen bei ihren Vorhaben, dienen ihnen als Wächter, Jäger, Techniker und einer sogar als Richter.

Allerdings verlief diese Reise der Wiederentdeckung auch nicht ohne Zwischenfälle: Eine kleine Gruppe von Menschen war der Allgemeinheit nicht wohlgesonnen, hielt sich nicht an den Verhaltenskodex, der ein friedliches und harmonisches Miteinander gewährleisten sollte. Diese Gruppe strebte Herrschaft über die anderen Menschen an.

Durch den Streit mit dieser Gruppe kam es jedoch wiederum zu Entdeckungen, die auf eine geheime Gesellschaft schließen ließen, die vor der großen Katastrophe existiert haben musste und deren Ziel bereits eine heimliche und unerkannte Herrschaft über die anderen Menschen gewesen sein musste. Ebenso kam heraus, dass das Amt des Richters, das bisher als eine Form von Schlichtungs- und Regelungsinstanz zum Wohle der Gemeinschaft interpretiert worden war, ursprünglich ein Kontrollmechanismus der geheimen Gesellschaft hatte darstellen sollen.

Um einen Vorteil gegen ihre Widersacher zu haben, beschlossen die Richter des Planeten gemeinsam, dieses Wissen vorerst geheim zu halten und die wiederentdeckten Strukturen der Geheimgesellschaft selbst für sich zu nutzen. Ion wurde Mediator; ein wiederentdeckter Rang, der dazu vorgesehen war, noch über den Richtern zu operieren, ihre Aktivitäten zu koordinieren und zwischen ihnen zu vermitteln.

Weitere Kontrollstrukturen der Geheimgesellschaft sind noch zu ergründen und teilweise sogar bereits aufgetaucht. Unter anderem wurde zudem ein menschenähnliches Volk entdeckt, von welchem die Menschen bisher nichts wussten, die geheime Gesellschaft jedoch offenbar schon. Auch diese Tatsache behielten die Richter von Kumono bisher für sich.

Die Menschen von Kumono sind nun kurz davor, ihre ursprüngliche Stärke wiederzuerlangen.

Die Menge jubelte auf und Finger streckten sich nach oben, um in den Himmel zu zeigen. Ein kleiner Punkt wurde sichtbar, glühte in einem hellen Blau und wurde langsam größer.

Die Jäger Morafey und Naga nahmen ebenfalls an der Zeremonie teil. Morafey zeigte auch in den Himmel, jedoch deutete sie nicht auf das Fluggerät, sondern auf einen zwei Armlängen großen Gleitschirm, der vom Himmel sank. Er bestand aus einem dünnen und leichten, teilweise transparenten Gewebe aus Pflanzenfasern und einem kleinen festen Kern in der Mitte. Er fiel ganz in der Nähe des Paares sanft zu Boden. Es war ein Same aus der Pflanzengattung der Sylphen, deren Samen beträchtliche Spannweiten erreichen konnten und auf Grund ihrer Eigenschaften über lange Zeiträume hinweg vom Wind durch die Lüfte getragen wurden, bevor sie an ganz anderen Orten landeten, um eine neue Pflanze auszubilden und neue Samen zu produzieren. Sie lächelten sich an. „Ein gutes Zeichen für uns?", fragte Naga. Er legte den Arm um Morafey, die sich an ihn drückte.

Die jubelnde Menge gab ihnen Anlass, wieder nach oben zu schauen. Mehr Sylphen-Samen wurden sichtbar und segelten zu Boden. Die beiden Jäger ernüchterten bei dem Anblick. "Vielleicht doch nicht so ein gutes Zeichen", mutmaßte Morafey.

"Das Fluggerät stört anscheinend ihren Flug", stimmte Naga zu und beobachtete mit scharfem Blick den Fall der Sylphen.

Der blau glühende Punkt war inzwischen angewachsen zu einem mit bloßem Auge erkennbaren Flugobjekt. Es war einem Drachen ähnlich, einer Flugmaschine, wie sie auf Tekion hergestellt worden war.

Die Menge wurde still und beobachtete gebannt, wie das kleine Raumschiff immer näher kam. Niemand bewegte sich, aber die Aufregung war spürbar. Schließlich setzte das Fluggerät sanft auf.

Die Luke öffnete sich und die Anwesenden begannen wieder zu jubeln, um den Ankömmlingen einen freudigen Empfang zu bereiten.

Als erstes stieg eine Gruppe von drei Männer und drei Frauen aus, welche alle eine anthrazit- und bronzefarbene Rüstung trugen, die gleichermaßen effektiv schützend aussah, wie auch perfekt an die Körper ihrer Träger angepasst. Es waren augenscheinlich Kämpfer. Jede Rüstung trug ein Emblem an der Brust: es zeigte eine Flamme in den Farben rot, orange und gelb. An den Hüften hatten die Kämpfer Langschwerter hängen und auf ihrem Kopf ruhte eine anthrazitfarbene Kappe, die zur rechten Körperseite gezogen war. Ernst schauten sie umher, um sich offensichtlich einen Eindruck von der Situation zu verschaffen. Sie wirkten wie Jäger, die beim Betreten eines unbekannten Gebietes alle Vorsicht walten ließen.

Dann stieg eine Frau aus, welche die majestätische Aura von Anmut und Perfektion ausstrahlte. Ihr weißes Hemd war im höchsten Maße künstlerisch geschnitten und mit goldfarbenen, gestickten Verzierungen versehen. Die weiten Ärmel offenbarten einen Blick auf prachtvolle goldene Armbänder, die mit funkelnden Steinen versehen waren. Sie trug einen Rock, leuchtend rot und aus mehreren Schichten bestehend. Er hing nicht einfach an ihr herunter, sondern schien verstärkt zu sein, um von ihren Beinen Abstand zu halten. Vorne hatten ihre schwarz glänzenden, eleganten Stiefel Platz zum Laufen, hinten endete der Rock in einer Schleppe, die beim Gehen über den Boden strich. Auch an dieses Kleidungsstück waren goldene Verzierungen angebracht worden, ebenso wie an ihre Kopfbedeckung; einem Hut mit nach oben gerichteter Krempe, im gleichen Rot wie der Rock. Ein paar rote Locken schauten gezielt aus dem Hut hervor, während der Rest ihrer Haare darunter verborgen blieb. Ihre kleine Nase war mit leichten Sommersprossen verziert und ihre intensiven grünen Augen strahlten Intelligenz und Bestimmtheit aus.

Sie führte einen anthrazitfarbenen Stab mit sich, der etwas höher war als sie selbst. Goldene Verzierungen stiegen kunstvoll an ihm auf wie Rankenpflanzen und endeten in einer goldenen Kugel, von der sich zwei weiße Flügel weg streckten. Ein Emblem hing dieser Frau an einer goldenen Kette um den Hals. Es trug ebenfalls das Zeichen der Flamme, zusätzlich dazu jedoch noch ein paar glitzernde Steine um das Symbol herum. Ihre Ohrringe waren große, aber dünne Reifen aus Gold.

Sie schien die jubelnde Menge überhaupt nicht wahrzunehmen und schritt graziös und gelassen die Rampe hinab, ohne dabei eine emotionale Regung von sich zu geben oder auch nur einen Blick auf die fröhlich grüßenden Menschen zu werfen.

Schräg hinter ihr ging eine vollkommen verhüllte Gestalt in einem dünnen, matt glänzenden, schwarzen Mantel mit einer großen, tiefen Kapuze und langen, weit geschnittenen Ärmeln. Der Mantel war mit kunstvollen Mustern bestickt, die jedoch ebenfalls schwarz und somit kaum erkennbar waren. Außer, dass die Gestalt schwarze Stiefel trug, ließ sich nichts weiter über sie erkennen; der Mantel verdeckte einfach alles.

Dann folgte wieder eine Gruppe von sechs Kämpfern in anthrazit- und bronzefarbenen Rüstungen, erneut drei männliche und drei weibliche.

Hinter ihnen schloss sich die Luke. Keiner der Neuankömmlinge schien sich über den Empfang zu freuen. Im Gegenteil: Herannahende Bewohner wurden sogleich abgeschreckt mit abwehrenden Gesten, angespannten Gesichtsausdrücken und vorsorglichen Griffen an die Knäufe der Schwerter. Die Kämpfer positionierten sich in einem Kreis um die Frau mit dem Stab und der Gestalt im schwarzen Mantel herum und schirmten die zwei Personen von allen anderen ab.

„Ich habe den Verdacht, dass diese Leute eine besondere Art von Empfang erwarten", raunte Ion Bero zu. Beide setzten sich wie abgesprochen gleichzeitig in Bewegung und näherten sich der frisch angekommenen Gruppe.

Wieder bewegten sich die Hände der vordersten zwei Kämpfer in die Richtung ihrer Schwerter, doch die Frau mit dem Stab räusperte sich leicht und ging einen Schritt auf den Mediator Ion und den Richter Bero zu. Sofort ließen die zwei vordersten Kämpfer von ihren Waffen ab und wichen rasch zur Seite.

Ion und Bero blieben vor der Frau stehen und nickten ihr und allen anderen Neuankömmlingen freundlich zu. „Herzlich Willkommen auf Kumono", ergriff Ion das Wort. „Es ist so schön, dass Ihr es endlich geschafft habt, auf den Planeten zu kommen. Ich bin Ion und dies hier ist mein Freund Bero. Wir beide sind Richter und kümmern uns um alle wichtigen Belange des harmonischen Zusammenlebens. Wann immer Ihr also Fragen oder Probleme habt, könnt Ihr Euch immer an uns wenden. Aber alle anderen hier werden Euch selbstverständlich auch gerne weiterhelfen, egal um was es geht."

Jedes Mal, wenn Ion dabei einen der Kämpfer ansah, schauten diese nur kurz befremdlich und fast schon verstört zurück, bevor sie ihren Blick wieder nach vorne richteten oder umherblickten, um nach Gefahren Ausschau zu halten.

„Herzlich Willkommen", rief Bero freundlich, laut und ausgelassen in die Runde, was die gleiche Wirkung hatte.

Die Frau mit dem Stab lächelte nun und vollführte ein langsames Blinzeln mit den Augen, zusammen mit einem fast unmerklichen Nicken. „Ich bin Lady Karma", erwiderte sie mit sanfter Stimme und ruhigem Tonfall. Sie fasste die Abzeichen von Ion und Bero ins Auge. „Eure Ränge unterscheiden sich voneinander", sagte sie mit einem fragenden Unterton in der Stimme.

„Bero ist Richter dieses Dorfes, Geroda. Ich bin tatsächlich seit kurzem Mediator, in gewisser Weise ist das so was wie ein Richter für die Richter", erklärte Ion. „Bis vor kurzem war ich selber noch Richter des Dorfes und es gab noch keinen Mediator. Nun hat Bero jedoch das Amt und die Aufgabe des Richters übernommen."

Für einen unmerklich kurzen Augenblick schien Lady Karma von Ions Erklärung ein wenig irritiert zu sein. „Du bist also der Ranghöchste hier, oder gibt es noch irgendwo jemanden, der über Dir steht?", fragte sie höflich.

Nun war es Ion, der leicht irritiert war. „Nun, eigentlich sehen wir das nicht so eng mit den Rängen", erklärte er mit einem verlegenen Lächeln. „Wir sind alle füreinander da. Wenn ich so darüber nachdenke, dann habe ich aber wohl tatsächlich den höchsten Rang auf dem Planeten."

Er warf einen kurzen verunsicherten, fragenden Blick zur Seite. Bero antwortete mit einem gleichmütigen Schulterzucken und einem zögerlichen, nachdenklichen Nicken.

Niemand bemerkte die ungläubigen Blicke der Kämpfer, die unbeweglich wie Statuen um sie herum standen und versuchten, ihre Mimik unter

Kontrolle zu halten. Auf dem Gesicht von Lady Karma zeigte sich ein leichter Anflug von amüsierter Überraschung.

„Gut", sagte sie. „Gibt es hier einen Ort, an dem wir uns ungestört unterhalten können?"

Ion blickte sich verwirrt um, als könnte er die Frage nicht begreifen, obwohl er ihre Worte verstanden hatte.

„Wir zwei", sagte Lady Karma sanft lächelnd mit einem intensiven Blick auf Ion, „unter uns".

Für einen Augenblick sah Ion wohl ratlos aus. Wieder blinzelte Lady Karma langsam und schlug lächelnd vor: „Gehen wir doch gleich hier in die 'Hand der Tapferkeit'."

Damit deutete sie auf das Fluggerät hinter sich. Ion zog die Augenbrauen hoch. Fragend schaute er Bero an. Der gab ihm einen festen Klaps auf die Schulter, der jedoch nicht halb so stark war wie seine üblichen Klopfer. „Ich lass Euch dann mal alleine", sagte er grinsend, blinzelte ihm zu und marschierte davon.

Verunsichert blieb Ion mit Lady Karma alleine zurück, die ihn erwartungsvoll anblickte.

*

An Bord der 'Hand der Tapferkeit' wurden Ion und Lady Karma von den Kämpfern in einen Raum geleitet, der für Besprechungen geeignet war. An der Wand zeigten Bildschirme aus Licht in verschiedenen Größen und Formen schriftliche und bildliche Informationen über das Schiff und die unmittelbare Umgebung an. Ein Tisch wurde von mehreren Stühlen umringt; sie sahen vollkommen unbenutzt und neu aus, vielleicht lag das aber auch nur an den hochwertigen Materialien, aus denen sie gemacht worden waren.

Die Kämpfer blieben vor der Tür. Die Gestalt im schwarzen Mantel machte Anstalten, den Raum zu betreten, wurde jedoch von Lady Karma mit einer Geste davon abgehalten. Die Tür schloss sich und Ion war mit der augenscheinlichen Führerin des Schiffes alleine.

Lady Karma bot Ion mit einer Geste einen Platz am Tisch an, sie selbst schritt langsam und elegant an eines der Fenster, durch die man nach draußen schauen konnte. Ion blickte dabei auf die Schleppe und überlegte, wie unpraktisch dieses Kleidungsstück sein musste.

„Die Menschen draußen freuen sich darauf, Euch kennen zu lernen", erklärte Ion. Die Lady drehte sich zu ihm um und zeigte ein leichtes Lächeln. „Wie nett", erwiderte sie.

„Ich schätze, Ihr hattet ähnliche Probleme wie wir", mutmaßte Ion, um das Gespräch in Gang zu bekommen. „Es gab hier jedenfalls eine große Katastrophe, durch die praktisch alle Technik unbrauchbar wurde. Lange mussten die Menschen auf dem Planeten ums Überleben kämpfen. Gerade erst vor kurzem haben wir es geschafft, das technische Zentrum auf einer Insel wieder zu entdecken und zu reaktivieren. Seit neustem funktionieren wieder die Tech-Säulen der Dörfer, so dass wir darüber miteinander kommunizieren können. Aber in kürzester Zeit hat sich die gesamte Technik wieder erholt. Inzwischen hat praktisch jeder von uns Geräte zum Kommunizieren und Untersuchen und können wieder alles herstellen, was wir brauchen.“

„Gut“, sagte Lady Karma mit einem dünnen Lächeln und wachen Augen.

„Wie habt Ihr gelebt, seit der Kontakt zum Planeten abgebrochen ist?“, fragte Ion.

Die Lady drehte sich um und blickte aus einem Fenster. Einen Augenblick lang herrschte Stille im Raum. „Auch wir hatten es schwer“, sagte die Lady schließlich. „Die Ressourcen waren knapp, das Leben war hart. Wir mussten Opfer bringen.“

„Das war bestimmt nicht einfach“, sagte Ion nach einer kleinen Pause mit aufrichtigem Mitgefühl.

„Wir waren gezwungen, uns straff zu organisieren und absolut effizient und strukturiert vorzugehen bei allem was wir taten“, erklärte Lady Karma. Es klang fast wie eine Rechtfertigung, fand Ion. Aber irgendwie fühlte er sich auch leicht angeklagt, und er fragte sich, ob das nur sein Gefühl sei.

„Wir haben den Bürger-Kodex", erwähnte Ion, um damit auf Ähnlichkeiten hinzuweisen. „Alle sollen sich möglichst danach richten, für das Wohl der Gemeinschaft zu sorgen oder es zumindest nicht zu gefährden. Jeder kann sich die Aufgaben suchen, die ihm am besten liegen."

Die Lady drehte sich zu ihm um. Sie bewegte sich nicht schnell, und doch lag eine starke Bestimmung in ihrer Bewegung, dass Ion sich alarmiert fühlte, ohne zu wissen, warum. Ihre Augen schienen ihn einerseits fast zu durchbohren, und doch schaute sie ihn einfach nur an mit einem entspannten, aber sehr wachen und aufmerksamen Blick.

Plötzlich lächelte die Lady, dass Ion sich von Herzlichkeit fast entwaffnet fühlte. Ohne, dass man eine Veränderung in ihrer Haltung hätte wahrnehmen können, schien sie nun plötzlich eine entspannte und offene Körperhaltung auszustrahlen. Ion fühlte sich mit einem Mal ins Herz geschlossen und entspannte sich seinerseits.

Elegant drehte sich Lady Karma wieder zum Fenster und schien dabei wieder unmerklich in eine formellere Haltung zu wechseln. Sie nahm die Hände hinter den Rücken.

„Hier auf dem Planeten gibt es eine Kreatur, sie nennt sich Feuerkäfer. Ist Dir dieses Wesen ein Begriff?", fragte sie.

Ion dachte kurz nach und schüttelte dann den Kopf. „Nein", antwortete er.

„Die Feuerkäfer arbeiten extrem effizient", erklärte die Lady im sachlichen Tonfall. „Alle arbeiten immer an den Zielen der großen Gemeinschaft. Sie bilden Arbeitsgruppen und tun alles, um ihr Ziel zu erreichen. Sogar ihr eigenes Leben opfern sie für das höhere Ziel."

Mit beiden Händen nahm sie ihren Hut ab und legte ihn auf ein Regal neben sich. Ihre roten Locken fielen an ihr herab. Sie schüttelte sie mit einer Kopfbewegung aus. Sie schaute ihren Hut an, während sie weiter sprach, so dass Ion ihr konzentriertes Gesicht im Profil sah.

„Die Feuerkäfer sind von Natur aus mit winzigen Kanonen ausgestattet", fuhr sie fort. „Sie töten damit ihre Beute. Sie erschießen ihre Opfer mit einer brennenden Flüssigkeit."

Elegant drehte die Lady sich zu Ion um. Ein Lächeln umspielte ihre Lippen, während die Augen jedoch Härte vermittelten.

„Wie auch immer.", fuhr sie fort. „Einige Käfer handeln nicht im Sinne des Kollektivs. Sie laben sich lieber an den Ressourcen, welche die anderen Käfer mühsam herangeschleppt haben. Sie ruhen sich lieber aus und geben sich der Muße hin, während die anderen arbeiten. Kommt es zu einem Kampf, dann fliehen sie lieber, statt ihren Kameraden beizustehen."

Langsam schritt sie auf Ion zu.

„Das Kollektiv findet schnell zu einem Konsens, wenn ein solcher Käfer unter ihnen aufgespürt wird", sagte sie mit einer gewissen Spannung in der Stimme. „Ohne, dass es eine erkennbare Absprache unter ihnen gäbe, wird ein solcher Käfer von den anderen gestellt und gemeinschaftlich erschossen. Das dauert nur Sekunden. Danach gehen die Käfer sofort wieder ihrer Arbeit nach."

Sie stand nun vor dem Tisch, an dem Ion saß. Sie legte ihre Hände auf den Tisch und beugte sich vor. Eine Strähne fiel ihr dabei ins Gesicht. Mit ihren strahlend grünen Augen fixierte sie Ion, der mit großen Augen zurück schaute.

„Sie sind ein Beispiel für perfekte Effizienz", erklärte sie in einem Ton, welchen Ion bedrohlich fand, aber auch auf merkwürdige Art und Weise feierlich. „Ohne Rast arbeiten sie an ihren Zielen und an ihrer Perfektion. Ein Erfolgsmodell der Natur. Wenn sie untergehen, dann haben sie sich nichts vorzuwerfen, denn sie haben alles getan, was in ihrer Macht stand."

Ein weiteres Mal erinnerte der Richter sich daran, wie er als Kind eine defekte Lichtkugel berührt hatte und ihm dabei die Haare zu Berge standen. So erging es ihm jetzt auch. Er unterbrach den Augenkontakt mit Lady Karma und schaute auf ihren Anhänger.

Er sah aus wie ein richterliches Abzeichen. Allerdings zeigte dieses Abzeichen eine rote Flamme und hatte eine goldene Umrandung. Rote, dreieckige Steinchen zierten ihn. Ein Wort war auf dem Anhänger eingraviert. Ion musste es nicht lesen.

„Du bist ja auch", fing er an.

„Wir Menschen haben natürlich mehr Handlungsoptionen", fuhr Lady Karma ihren Monolog fort. Sie richtete sich wieder auf, drehte Ion den Rücken zu und schritt elegant zu ihrem Hut zurück. „Und doch sind wir verpflichtet, unsere Pläne und Ziele mit einem gleichermaßen feurigen Eifer zu verfolgen. Uns zusammenzuschließen und gemeinsam an einem Strang zu ziehen."

Sie nahm ihren Hut und setzte ihn mit aller Sorgfalt wieder auf, die Haare mit Bedacht arrangierend, um ihr vorheriges Aussehen wieder exakt herzustellen.

„Siehst Du das nicht auch so?", fragte sie Ion, wirbelte dabei herum und schaute ihm mit einem inneren Feuer an, das aus ihr heraus strahlte.

Ion nickte. Zusammenarbeit war in seinen Augen eine der wichtigsten Säulen der Menschheit. „Natürlich", antwortete er.

„Ion", sagte Lady Karma feierlich und breitete die Arme aus. „Hier und jetzt beginnt eine neue Zeit für uns."

Hinter ihr stand Zent, so wie er ausgesehen hatte, als Ion ihm das erste Mal begegnet war. Er machte exakt die gleiche Bewegung wie Lady Karma und grinste dabei wie verrückt. Ion wusste instinktiv, dass Zent nicht wirklich hier war. Er blinzelte. Zent war verschwunden.

*

Ein wenig später verließ Ion verwirrt die „Hand der Tapferkeit" und nahm erst mal ein paar tiefe Atemzüge frischer Luft. Die Leute aus dem Dorf bejubelten ihn. Er wusste nicht, wofür. Sie wahrscheinlich auch nicht. Er winkte verlegen.

Seine Freunde versammelten sich schnell um ihn und wollten wissen, was er im Raumschiff mit der Frau besprochen hatte und wie es nun weiter ging. Ion antwortete mit viel Achselzucken und Kopfschütteln. Sein Blick war glasig.

Ion blickte umher. Alle Richter waren hier versammelt: Bero als Richter von Geroda, die kleine Kessaya als Richterin von Liberin, Samush von Feuertal und der Droide Erom, welcher Richter der Insel Tekion war. Dazu waren noch die Jäger Morafey und Naga aus Geroda und Manjaro aus Liberin anwesend.

„Ich bin mir gar nicht mehr so sicher", antwortete er auf ihre Fragen. „Wir redeten über Feuerkäfer und eine neue Zeit", stammelte er zusammenhangslos und hob abwehrend die Hände, als neue Fragen auf ihn einprasselten.

„Wir wollen eng zusammenarbeiten", erklärte der Mediator, „und unsere Kräfte bündeln. Die Asteara verfügt über ausgezeichnete Leute, die uns unterstützen können. Mit einer effizienten Einteilung der Ressourcen und einer hierarchischen Koordination sowie der strikten Einhaltung der Befehlskette sind unsere Probleme bald Vergangenheit."

„Effiziente Einteilung der Ressourcen?", fragte Manjaro argwöhnisch.

„Hierarchische Koordination?", hakte Bero nach.

„Befehlskette?", fragten Morafey und Naga gleichzeitig.

„Das klingt so", fasste Erom zusammen, „als ob die relativ freie und selbstorganisierte Struktur der Gemeinschaft weichen soll zu Gunsten einer Gesellschaft mit festen Regeln, klaren Aufgaben für jeden Einzelnen auf der Basis von Zuweisung durch Mediatoren, Richter und Oberhäupter der Gilden sowie einer kontrollierten und limitierten Nutzung der zur Verfügung stehenden Technik."

„Versteh' ich nicht", maulte Kessaya und zog sich ihren Zylinder tiefer ins Gesicht.

Zwei Nebelsänger ließen sich auf einem Baum in der Nähe nieder und fingen gemeinsam an zu singen. Die Vögel waren für ihr musikalisches Talent bekannt.

„In Zukunft sollen wir Richter den Leuten sagen, was ihre Aufgaben sind", erklärte Samush der kleinen Richterin mit einem fragenden Blick zu Erom. Dieser nickte.

„Und Du darfst nur noch mit dem schwarzen Drachen fliegen, wenn Ion es Dir erlaubt", ergänzte Bero.

Die Richterin von Liberin errötete, machte einen Schmollmund, verschränkte die Arme vor der Brust und trat fest mit einem Stiefel auf.

„Und wollen wir das denn?", fragte Manjaro mit einem leicht ungläubigen Unterton.

„Klingt vernünftig", meinte Samush und erntete dafür einen schrägen Blick vom Jäger mit dem Hut.

„Aber wollen wir das", gab Manjaro erneut von sich, dieses Mal weniger als eine Frage formuliert, mehr als ein Zweifel.

„Ich habe auch gesagt, dass die Menschen auf dem Planeten eine andere Art zu leben kennen und bevorzugen", meldete sich Ion wieder zu Wort.

„Gut", sagte Bero zufrieden.

„Sie sagte, sie würden sich schon dran gewöhnen", endete Ion.

„Nicht gut", knurrte Bero. „Hast Du ihr denn nicht gesagt, dass wir ihre Struktur nicht brauchen, um effizient zu sein?"

Ion wand sich und blickte hilfesuchend zu Erom hinüber. „Es klang alles erst mal sehr plausibel, was sie sagte."

Der Droide reagierte. „Das eine System ist nicht besser oder schlechter als das andere. Es kommt immer drauf an, was man daraus macht und wie gut sämtliche Bedürfnisse aller Beteiligten dabei berücksichtigt und bedient werden können."

Ion berichtete weiter. „Auf jeden Fall möchte sie, dass ein Gebäude für sie sowie für eine Auswahl von Leuten der Asteara errichtet wird. Sie hat bereits entsprechende Pläne an meine Handkonsole gesendet", erklärte er und zeigte sein Handgelenk, an dem sein kleiner mobiler Computer in Form eines Armbandes befestigt war.

„Aha", machte Bero. „Auf den Planeten kommen, Ressourcen einschränken wollen aber ein eigenes Haus für sich beanspruchen. Und mit welcher hierarchischen Berechtigung fordert sie das?"

Es war als Scherz gedacht gewesen, aber nachdem er es ausgesprochen hatte, war dem Richter gar nicht mehr zum Lachen. Den anderen erging es genau so.

„Sie ist ebenfalls Mediatorin", antwortete Ion und sorgte für Sprachlosigkeit.

Wind kam auf und wehte Ion die Haare ins Gesicht.

„Du brauchst dringend Horngel", empfiehl Samush ihm. Er selbst hatte seine Haare mit Horngel behandelt. Sie standen nach oben, als würde er auf dem Kopf stehen, und durch die Behandlung mit dem Gel waren sie hart wie Stein.

„Oder einen neuen Haarschnitt", sagte Morafey, die selbst so kurze Haare hatte, dass diese ihr nicht ins Gesicht wehen konnten.

Alle lachten. Ion wischte sich die Haare aus dem Gesicht. Sein Blick wurde klar.

„Ich hatte kein gutes Gefühl dabei", sagte er mit wieder fester Stimme, „aber sie war freundlich und hilfsbereit. Alles was sie sagte, klang gut. Ich bin sicher, sie will das Beste für uns alle. Sie hat vielleicht nur andere Vorstellungen davon als wir, was das Beste ist."

Naga und Bero nickten. Sie verließen sich auf das Urteilsvermögen ihres Freundes.

„Und kommen die jetzt noch raus?", fragte Bero und deutete auf das Raumschiff. Alle schauten gemeinsam hinüber.

„Erstmal nicht", antwortete Ion knapp und zuckte die Schultern, um anzudeuten, dass er keine weitere Erklärung dafür hatte.

„Die Leute werden enttäuscht sein", sagte Morafey.

„Ja, wir sind auch enttäuscht!", sagte eine tiefe Stimme von hinten.
„Bin ich denn auch enttäuscht?", fragte eine weitere tiefe Stimme.
„Natürlich bist Du das!", bestätigte eine dritte tiefe Stimme.

Die Gruppe drehte sich um und erschrak.

Drei große, schwere und breite Droiden standen hinter ihnen. Aufgerichtet waren sie wohl so groß wie zwei Menschen, jedoch standen sie in sich zusammengesunken da. Kreisrunde Köpfe saßen auf gewaltigen Körpern, die in ihren Proportionen jeden Schnabullen übertrafen.

Es sah nicht nur so aus, als bestünden sie aus einer schwarzen Rüstung, sondern als ob diese schwarzen Rüstungen noch einmal in besonders mächtige Rüstungen gesteckt worden wären. Der erste trug eine dunkelblaue, der zweite eine dunkelgrüne und der dritte eine dunkelrote Rüstung.

Die schwarzen Köpfe sahen so aus, als steckten sie in einem dicken Helm. Ihre roten Augen leuchteten daraus hervor, jeweils im hellen Farbton der jeweiligen Rüstungsfarbe.

Am Ende ihrer Arme waren eher große Pranken als Hände angebracht, mit denen sie einen Menschen wahrscheinlich ohne weiteres zerquetschen konnten. Sie hatten nur vier Finger.

Sie blickten zum Raumschiff.

„Hallo. Wer seid ihr?", fragte Ion.

„Kilorom", stellte sich der rote Droide vor und hob dabei seine Pranke.
„Megarom", stellte sich der grüne Droide vor und hob ebenfalls seine Pranke.
„Gigarom", nannte auch der blaue Droide seinen Namen und hielt beide Pranken hoch. „Wir sind die Giganten", fügte er hinzu.
„Und wir sind gar nicht so doof, wie wir aussehen", erwähnte Megarom und zeigte auf Ion, der schmunzeln musste.
„Ja, wir sind schlau", bestätigte Kilorom und tippte sich dabei an den Helm.

„Und was können wir für Euch tun?", fragte Ion.

„Wir sind Kämpfer", antwortete Megarom.
„Wir sind hier, um Euch zu beschützen", fügte Kilorom hinzu.
Gigarom machte dazu verschiedene Kraftposen und ließ demonstrativ die mechanischen Muskeln spielen.

Erom winkte ihnen zu. „Schön, dass ihr es geschafft habt", meinte er und wandte sich an Ion. „Ich dachte, die aktuellen Umstände erfordern ein wenig", er zögerte und deutete erklärend auf die Giganten. „Muskelkraft", endete er.

„Sie könnten es mit den Super-Vila aufnehmen", schätze Morafey die Giganten ein.

„Sie erinnern mich irgendwie an jemanden", meinte Naga und erzeugte damit eine nachdenkliche Stille.

„An wen?", fragte Bero arglos und erzeugte damit ein Kichern in der Gruppe.

*

[Kumono-Forum]

Thema: Asteara

Kumono hat wieder Kontakt zur Asteara – dem Raumschiff, mit dem wir auf diesen Planeten gekommen sind. Dies ist ein Grund zum Zelebrieren wie kein anderer. Eine Gruppe von Raumschiff-Bewohnern ist bereits mit einem Flieger nach Geroda gereist und wird dort von den meisten herzlich in Empfang genommen. Gerüchte sprechen davon, dass bald ein reger Transfer zwischen dem Raumschiff und dem Planeten stattfinden wird. Weiterhin wird gesagt, dass die Führerin der Asteara eine wunderschöne und charismatische Dame namens Lady Karma ist, die großartige Ideen hat, um unser Leben noch sinnvoller und optimierter zu gestalten. Wir können es kaum erwarten, diese Ideen zu hören und umzusetzen!

*

Ion und Bero landeten in einem kleinen Gleiter nahe der Höhlen von Novus. Der Bereich um den Höhleneingang herum selbst war bereits überfüllt mit Kisten, großen Containern und Trollen. Der Begriff ‚Troll‘ bedeutete offenbar soviel wie ‚Transporter auf Rollen‘. Es waren große Transportfahrzeuge mit verschiedenen montierten Werkzeugen. Sie konnten sich aufrichten wie eine große Kreatur und die verschiedenen montierten Werkzeuge wie Arme benutzen.

Der Mediator und der Richter stiegen aus und gingen in Richtung Höhleneingang. Yotto empfing und begrüßte sie. Der Richter der noch zu gründenden Siedlung Novus, die in den Höhlen entstehen sollte, war euphorisch.

„Toll, dass Ihr schon da seid“, rief er. „Ich wollte gerade die Einladungen verschicken und in mein Plog schreiben, dass hier eine kleine Feier stattfinden wird.“

Bero schüttelte den Kopf. „Hätten wir das vorher gewusst“, sagte er mit Bedauern in der Stimme. „Wir sind nicht zum Feiern hier.“

„Wir wollten jetzt gerade eine ausführliche Untersuchung der Höhlen vornehmen“, erklärte Ion. „Wenn hier eine Feier stattfinden soll, dann ist es vielleicht auch gut, dass wir gleich damit beginnen, um sicher zu gehen, dass keine bösen Überraschungen auf uns warten.“

Yotto machte ein langes Gesicht. „Die Höhlen sind sicher“, behauptete er und winkte ab, „solange man sich nicht an gefährliche Übergänge zwischen den einzelnen Höhlen wagt. Aber die sind erst mal markiert und abgesperrt, soweit wir das erforderlich fanden.“

„Sicher ist sicher“, antwortete Bero verantwortungsbewusst.

Yotto nickte verständnisvoll und deutete auf einen Container. „Der wurde für Euch geliefert“, erklärte er. „Ich hab mich darüber gewundert, dass ihr so viel Ausrüstung braucht.“

Ion und Bero begutachteten den Container mit großen Augen und schauten sich gegenseitig an. „Wir auch“, sagte Ion.

Yotto verabschiedete sich und ging in die Höhle.

Ion und Bero öffneten den Container. Im Inneren befanden sich Taschen mit Wasser und Proviant, zwölf Feen, zwei Handgelenk-Terminals und zwei ELFs – Einzelpersonen-Leicht-Fluggeräte; kaum mehr als ein paar Stangen mit einem Sitz und Rotoren. Sie befestigten die Handgelenk-Terminals an ihrem natürlichen Handgelenk, da jeder von ihnen bereits ein solches Gerät an ihrem künstlichen Handgelenk befestigt hatten.

Beide aktivierten die Terminals. Ohne sich miteinander abzusprechen fanden sie beide heraus, wie sich die Geräte bedienen ließen. Sie dienten zur Kontrolle über die Feen, die nun elegant aus dem Container surrten und sich über ihren Köpfen in eine Formation begaben. Jeder von ihnen kontrollierte sechs Feen.

Sie hingen sich die Taschen um und klemmten sich die Fluggeräte unter den Arm. Dann machten sie sich auf den Weg in die Höhle.

Der Anblick, der sich ihnen bot, machte sie sprachlos. Allein schon der Eingangstunnel mit seinen Wänden aus dunkelblauen Kristallspitzen, die hier wie Blumen zu wachsen schienen, verschlug ihnen den Atem. Er war groß genug, dass ein Troll hindurch passte.

Dann kamen sie in die erste Höhle. Sie war riesengroß und immens hoch. Der Boden bestand aus Stein und Erde. Auf der Erde wuchsen Moose und kleine Pilze. Auch hier waren die Wände mit Kristallen verschiedener Farben übersät und hier und da mit Pflanzen bewachsen.

An der weit entfernten Decke waren Lichtkugeln montiert, welche die gesamte Höhle gut ausleuchteten. Zu ihrer Linken wurde eine Tech-Säule aufgebaut. Sie erkannten unter anderem Norak, den Techniker aus Geroda, sowie Pandor, den jungen Techniker aus Liberin, dessen Anblick mit seinen abstehenden Haaren an eine Stachelrobbe erinnerte.

„Ich hätte nicht gedacht, dass hier schon eine Tech-Säule aufgebaut wird", sagte Ion. „Dann müssen ja schon die Technik-Tunnel gebaut sein."

„Und Energiequellen erschlossen sein", ergänzte Bero.

Die Feen waren ihnen im Tiefflug eine nach der anderen durch den Eingang gefolgt und flogen in die große Höhle hinein, um über ihren Köpfen Kreise zu ziehen.

Die Handgelenk-Terminals der beiden Höhlenforscher gaben ein Geräusch von sich. Sie tippten kurz darauf, wodurch sich eine holographische Fläche über ihrem Unterarm ausbreitete. Durch das Antippen des dort blinkenden Symbols erschien eine Karte der Höhle in der Luft über ihrem Arm.

„So können wir uns nicht verlaufen", freute sich Ion.
„Verfliegen", korrigierte Bero.

„Wo wollen wir hin fliegen?", fragte Ion.
Bero zeigte auf den nächsten großen Ausgang aus der Höhle, der besonders groß war. „Erst mal die einfachen Wege?", schlug er vor.

Sie klappten ihre Fluggeräte auseinander, setzten sich hinein und flogen los.

So flogen sie durch mehrere Höhlen und staunten nicht nur über die großen Räumlichkeiten, die sich ihnen boten, sondern auch darüber, dass keine der Höhlen von völliger Dunkelheit heimgesucht wurde. Sowohl verschiedene Pilze, Flechten wie auch Kristalle schienen ein geringes Licht abzustrahlen und tauchten ihre Umgebung in ein mildes, geisterhaftes Leuchten. Die Feen besaßen Lichtkugeln und strahlten damit umher. Zudem erkannten Ion und Bero, dass sie dank ihrer künstlichen Augen besser im Dunkeln sehen konnten als mit ihrem natürlichen Auge.

Als sie tiefer in Höhlen vordrangen, die auch tiefer unter der Erde lagen, trafen sie auch auf kleine und größere Insekten, von denen manche mit ihrem ganzen Körper Licht ausstrahlten, sie entdeckten Gräser mit geisterhaft leuchtenden dicken Tropfen an ihren Spitzen und eine Art von Lebewesen, die sie noch nie gesehen hatten: eine in der Luft schwebende Halbkugel aus einer leuchtenden Substanz, aus der von der flachen Seite leuchtende Fäden zu Boden hingen. Von Zeit zu Zeit flachte eine der Halbkugeln langsam ab und spitze sich dann ruckartig zu; dann bewegte sie sich wie angestoßen ein Stück weit durch die Luft und blieb dort wieder an Ort und Stelle schweben.

In manche Höhlen kamen sie nur, indem sie ihre Fluggeräte zusammenklappten und den Durchgang zu Fuß beschritten. Andere Höhlen waren nur über einen Durchgang zu erreichen, der sich mehrere Schritte hoch in der Wand befand.

In eine besonders große Höhle kamen sie nur durch ein großes Loch im Boden der darüber liegenden Höhle, das einen Rand von Kristallen hatte. Die Feen folgten ihnen überall hin, entweder in Formation oder nacheinander, wie immer es passte.

Ion steuerte eine Nische am Boden an, die nicht bewohnt oder bewachsen war, und landete dort. Bero folgte ihm.

Der Mediator kramte in seiner Jacke und zog dann ein Schmerzpflaster hervor. Er drückte es sich unter der Kleidung unter die Haut und atmete tief. Erschöpfung zeigte sich in seinem Gesicht. Bero schaute besorgt.

„Ja, ich weiß", sagte Ion, bevor er irgendetwas sagen konnte. „Ich muss mich ausruhen."

Bero verkniff sich einen Kommentar und schaute mehr aus Verlegenheit auf seine Karte. Dann tippte er auf seinem Handgelenk-Terminal herum und schaute sich um. Er bemerkte dabei nicht, wie Ion unauffällig die Hand vor sich ausstreckte. Sie zitterte.

„Schau mal", rief Bero und zeigte in die Luft. „Unsere Feen suchen uns."

Die Flug-Erkundungs-Einheiten flogen etwas entfernt von ihnen in der Luft und flogen im Kreis umher, hielten dort Position.

Ion schüttelte den Kopf. „Wir sind doch hier – die sehen uns schon", widersprach er.

Bero zeigte ihm seinen Handgelenk-Terminal. „Funktioniert deine Karte noch?", fragte er.

Ion kontrollierte das. „Nein", sagte er schließlich überrascht.

Bero setzte sich in seinen Elf und flog ein wenig aus der Nische heraus. Augenblicklich setzten sich sechs der zwölf Feen in Bewegung und begaben sich in lockere Formation um ihn herum, gleichzeitig die Umgebung dabei untersuchend. Beros Handgelenk-Terminal zeigte wieder die Karte, soweit sie schon mit den Daten der Feen gefüttert worden war.

Der Richter flog wieder in die Nische zurück und die Feen kreisten kurz wie orientierungslos umher. Dann begaben sie sich wieder an ihre alte Position und zogen dort erneut ihre Kreise.

„Vielleicht ist etwas in diesem Gestein, was ihre Sensoren behindert", vermutete Bero und begutachtete die Nische genauer.

Ion schaute in das dünne und halbtransparente Gras, welches vor der Nische wuchs. Ein roter Käfer saß dort auf einem größeren Stein und schien sich auszuruhen. Ion lächelte. Dann sah er dabei zu, wie mehrere andere Käfer der gleichen Art auf den Stein kletterten. Sie umzingelten den Käfer. Dann gab es plötzlich Geräusche, die von dem Stein ausgingen; es knallte leise aber deutlich vielfach hintereinander. Ion sah, wie der Käfer in der Mitte des Steines zuckte und sich ruckweise seine Position verschob.

„Feuerkäfer", zischte Ion durch dünne Lippen. Der Käfer auf dem Stein wurde gerade von den anderen Käfern erschossen, er wurde geradezu durchlöchert. Er sackte in sich zusammen und die anderen Käfer verliefen sich ins Gras und verschwanden aus Ions Blick. Innerhalb weniger Augenblicke lag der tote Käfer alleine auf dem Stein. Ein wenig Rauch stieg durch die Löcher eines jetzt praktisch leeren Panzers auf. Traurig schüttelte Ion den Kopf.

Er nahm einen tiefen Atemzug und kramte noch ein Schmerzpflaster hervor. Er vergewisserte sich, dass sein Freund ihm den Rücken zuwandte und schob es sich unter die Kleidung.

„Da oben", rief Bero unvermittelt und Ion zuckte zusammen, auch ein wenig aus schlechtem Gewissen.

Er folgte Beros Blick die Steinwand der Nische hinauf. Ein „Nein" entwich ihm. Bero blickte ihn verständnislos an.

In der Wand befand sich eine kreisrunde Vertiefung, kaum sichtbar, wenn man nicht danach suchte. Sie war ein Stück größer als ein Kreis, den man mit Daumen und Zeigefinger bilden konnte.

„Sie sind überall, oder?", fragte Ion eher sich selber. Bero schaute ihn mit großen Augen an und schüttelte leicht den Kopf, um anzudeuten, dass er nicht verstand, was Ion von sich gab. Dann öffnete er plötzlich den Mund und erstarrte.

„Ganz genau", sagte Ion.

Bero nahm sein Abzeichen von der Brust und stellte sich an die Wand. Er hielt sein Abzeichen in die Vertiefung. „Es passiert nichts", kommentierte er, fast ein wenig enttäuscht.

Ion nahm sein Mediator-Abzeichen ab und stellte sich neben Bero an die Wand. Er reichte nach oben und schaffte es gerade so, das Abzeichen in die Vertiefung zu halten.

Ein Geräusch ging durch den Felsen, als würde Gestein brechen. Die Nische tat sich auf und wurde zu einem Eingang. Dahinter führte ein Gang in einen dunklen, von Menschen geschaffenen Raum.

*

Naga und Morafey waren abseits der Leute aus dem Dorf umringt von den Leuten der Armee. So nannten sich die Wächter aus dem Raumschiff, die mit Rüstung und Schwertern ausgestattet war. Sie nannten sich selbst allerdings nicht Wächter, sondern Soldaten.

Die beiden Jäger stellten fest, dass auch kurze Rohre – Schusswaffen – zu deren Inventar gehörten. Der Anführer der Wächter nannte sich General. Er trug das richterliche Abzeichen an seiner Brust. Er hatte neben dem normalen noch ein besonders großes Rohr an seiner Seite; länger als ein Unterarm.

Die Jäger hatten die Aufgabe übernommen, diese Gruppe von Wächtern in das Leben auf Kumono einzuweisen. Dies umfasste vorerst hauptsächlich die Vermittlung von Kenntnissen über Pflanzen und Tiere sowie Bewegung in der Wildnis.

Lady Karma hatte sich schließlich doch noch der Öffentlichkeit gezeigt. Die Menge jubelte ihr zu und sie verstand es, das Jubeln zu verstärken und über lange Zeit hinweg aufrecht zu erhalten. Die Stimmung war gut und ausgelassen.

Sie ließ Morafey und Naga zu sich bestellen, sprach sie namentlich an, bat sie um ihre Unterstützung und ließ nach deren Zusage auch die beiden Jäger bejubeln. Die Menge wusste nicht, warum sie jubelte, doch sie tat es. Auf Naga und Morafey wirkte dies eher befremdlich. Aber die Stimmung war gut und ausgelassen.

Nun standen sie also da und sollten der Armee etwas beibringen.

Ein Soldat hatte ein Rohr gezogen und schoss auf den Boden. Die beiden Jäger eilten zu ihm. „Es fing plötzlich an, sich zu bewegen", rief der Soldat entsetzt.

Naga machte eine beschwichtigende Geste. Morafey war entsetzt. „Du kannst nicht einfach irgendwelche Wesen erschießen", rief sie und demonstrierte völliges Unverständnis.

Naga weitete seine beschwichtigende Geste auch auf sie auf.

„Viele Tiere sehen erst mal aus wie unbewegliche Pflanzen", fing er an zu erklären. „Das heißt aber nicht, dass sie uns deswegen gefährlich werden würden. Das tun sie nur, um sich zu schützen."

Ein Blatt flog ihm mitten in seiner Erklärung ins Gesicht.

Der Soldat vor ihm zeigte den Ausdruck von Entsetzen und Ekel, als dem Blatt plötzlich ein kleiner Kopf und Beine wuchsen.

Naga machte schnell erneut eine beschwichtigende Geste. „Harmlos", sagte er eilig und in einem möglichst ruhigen Tonfall. „Du möchtest in so einer Situation niemandem ins Gesicht schießen!"

Mit einer langsamen Bewegung griff er sich ins Gesicht, nahm den Blatt-Käfer vorsichtig auf und setzte ihn ins Gras. Er sah dem Soldaten ins Gesicht und sah dessen Verlangen, nach seinem Rohr zu greifen. „Wirklich, es gibt keinen Grund, dieses Lebewesen anzugreifen", erklärte er geduldig. „Der Planet ist voll mit solchen und ähnlichen Tieren. Sie alle erfüllen ihren Zweck im Ökosystem, also in der Natur.“

Das Wort ‚Ökosystem‘ war ihm selber neu, es war ihm in den Wissensdatenbanken von Aerie begegnet. Er hoffte, dass er es richtig angewendet hatte. Niemand stellte Fragen. Alle Augen waren stattdessen auf den Blatt-Käfer gerichtet, der nun die Flügel spreizte, sich in die Luft erhob und in der nächsten Gruppe von Bäumen verschwand.

„Wenn wir alle Tiere töten würden, hätten wir bald nichts mehr zu essen“, versuchte Naga den eigenen Nutzen an der Existenz der Tiere zu erklären.

Er sah im Gesicht des Generals, dass dieser seine Worte verstand. Er machte nur eine winzige abwinkende Geste mit der Hand, und seine Gefolgsleute nahmen allesamt die Hände von den Schusswaffen und entspannten sich ein wenig.

Naga und Morfey sahen sich an und unterdrückten ein Seufzen. Sie ahnten, dass sie eine anstrengende Aufgabe übernommen hatten.

„Heute bleiben wir erst nochmal innerhalb der Mauern von Geroda“, erklärte Naga.

„Keine Schusswaffen nötig“, sagte Morafey langsam und deutlich und unterstrich ihre Botschaft mit der entsprechenden Geste.

*

Erom betrat den geheimen Versammlungsraum, den er über einen versteckten Weg in den

Technik-Tunneln unterhalb der Tech-Säule von Geroda erreicht hatte.

Er schritt an dem langen Tisch mit den vielen Stühlen vorbei, stellte sich an das Pult mit dem richterlichen Abzeichen und drückte die beiden fast unsichtbaren Knöpfe links und rechts am Pult. Eine Holzfläche schob sich aus dem Pult.

Neo-Bunny erschien auf dem Pult. Eine holographische Lichtgestalt kaum größer als eine Faust mit einer niedrigstufigen Künstlichen Intelligenz. Es kratzte sich kurz hinter den Ohren und schaute dann Erom aufmerksam an.

Der Droide warf dem Hologramm einen Blick zu und kümmerte sich dann nicht weiter darum. Er bediente das Terminal, das in die heraus gefahrene Holzfläche eingearbeitet war. Daten über die Asteara wurden aufgerufen. Erom stellte eine Verbindung zum Raumschiff her.

Links von ihm öffnete sich unmerklich eine Tür. Ein weiterer Droide stand dort im Rahmen und blickte den mechanischen Richter von Tekion an. Er sah Erom sehr ähnlich, allerdings war er anthrazitfarben gehalten und seine grünen Augen waren oval und erinnerten an menschliche Augen.

Mit einem Mal strahlten seine Augen heller.

An Eroms Kopf flackerten verschiedene kleine Lämpchen auf.

*

Shana saß im Gras, hatte gerade ihren Unterricht beendet und die letzten Kinder auf der Lernwiese verabschiedet. Eigentlich wollte sie Jägerin werden, aber nun war sie schwanger, also blieb sie erst einmal Lehrerin, was ihr ebenfalls eine Erfüllung war. Kleine Lektionen ließ sie sich dennoch gerne von ihren Freunden aus der Gilde der Jäger geben.

Ihre Freundin Terra hatte bis jetzt am Rande der Wiese abgewartet und näherte sich ihr nun. Sie war eine Jägerin, und hatte bereits mit der Ausbildung von Shana begonnen. In ihrer leichten grünen Rüstung spazierte sie elegant über das Gras, ein langer blonder Zopf hing ihr den Rücken hinab. Vor ihrem rechten Auge war ein kleines Glas befestigt. Eine Fee begleitete sie mit Abstand.

„Hast Du Lust auf eine Mission?", fragte sie in einem beiläufigen Ton.

Die Lehrerin mit den roten Locken schaute sie mit einem bedauernden Blick an. Sie machte eine Handbewegung zu ihrem Bauch.

„Es ist eine ganz harmlose Aufklärungsarbeit", zerstreute die Jägerin ihre Bedenken. „Wir fliegen nach Tekion und schauen uns dort im inneren eines Gebäudes um."

„Klingt interessant", sagte Shana motiviert und stand auf. „Wann geht es los?"

„Komm mit", forderte Terra sie auf, drehte sich um und ging los. Shana folgte ihr.

Kessaya kam ihnen entgegen. Die kleine Richterin aus Liberin trug eine Hose mit Hosenträgern über einem Hemd voller Spitzen und Rüschen. Sie trug schwere Stiefel an den Füßen und einen Zylinder auf dem Kopf, unter dem ihre dunkelroten Locken hervorquollen. Ihre Nase war umgeben von Sommersprossen.

„Darf ich vorstellen – unsere Auftraggeberin", sagte Terra in einem offiziellen Tonfall.

„Hallo Kessaya", grüßte Shana. „Ich habe gehört, wir sollen etwas für Dich erkunden?"

„Nein, *ich* erkunde etwas", korrigierte die Richterin. „Ihr sollt mich halt begleiten. Folgt mir. Der schwarze Drache steht vor dem Tor."

So verließen sie das Dorf Geroda durch das Sicherheitstor, das sich ihnen automatisch öffnete und hinter ihnen wieder schloss.

Auf der anderen Seite des Tores stand ein Gigant. Es war Megarom, der grüne Wächter. Er drehte sich zu den drei Frauen. „Seid vorsichtig außerhalb der Dorfmauern und ruft mich, wenn ihr Hilfe braucht", empfiehl er ihnen.

Kessaya stellte sich aufrecht hin, zog ihre Kleidung zurecht und fragte: „Sehe ich etwa so aus, als ob ich Hilfe brauche?"

Megarom wirkte verunsichert und schüttelte hastig den Kopf.

Er schaute ihnen nach.

Wenig später flogen sie im schwarzen Drachen davon. Das Fluggerät hatte Platz für bis zu 50 Personen. Auf seine Front war ein Drachengesicht gemalt worden.

Shana bewunderte, wie selbstverständlich die Richterin von Liberin die Schaltflächen des Drachen bediente. „Was erkunden wir denn?", fragte die Lehrerin neugierig.

„Wir erkunden den weißen Turm auf Tekion", erklärte Kessaya. „Ich führe diese Mission stellvertretend für Erom aus, der selber auf eine Mission muss. Wir brauchen dringend Ergebnisse."

Ihre letzten Worte klangen unsicher.

„Was für Ergebnisse?", fragte Shana.

„Das werden wir sehen, wenn wir sie gefunden haben", antwortete Kessaya mit einem Ton, der Unsicherheit verbergen sollte, aber keinen Widerspruch duldete.

*

„Willkommen auf dem Jungfernflug des silbernen Drachen", sprach Erom über die Bordsprechanlage. „Die schnelle Fertigstellung dieser Maschine haben wir Chum aus Feuertal zu verdanken, der jetzt auf Tekion wohnt. Ein Mann mit Visionen. Wir machen jetzt einen kleinen Ausflug in ein Gebiet, das Euch vollkommen neu und fremd vorkommen wird. Bitte zieht Euch warm an. Entsprechende Kleidung haben wir im Gepäck. Wir bedanken uns für Ihre Mitarbeit."

„Ich hätte lieber an der Feier in Novus teilgenommen", beklagte sich Norak. „Kaum hat man alle Arbeit erledigt, geht es zur nächsten Aufgabe."

„Eigentlich hast Du doch noch gar nicht alle Arbeit erledigt", entgegnete Manjaro, der Jäger mit dem Hut. „Die Tech-Säule muss doch noch eingerichtet werden."

„Das auch noch", seufzte Norak, der Wissenschaftler aus Geroda und rollte dabei mit den Augen.

„Der Junge wird das schon alleine hinkriegen", sagte Samush, der Richter von Feuertal. „Er macht einen talentierten Eindruck auf mich."

Norak brummelte etwas Unverständliches in seinen Bart und zog dann ein tragbares Terminal hervor, um sich darin zu vertiefen.

Für kurze Zeit redete niemand.

„Ach, kommt sie doch noch raus aus ihrem Raumschiff", kommentierte Norak nach einer Weile einen Beitrag, den er las. „Zelebrieren? Charismatisch? Was sind das für Wörter? Wer schreibt so was?"

Er blickte sich um. Er hatte keine Zuhörer; die anderen beiden Fluggäste waren innerhalb weniger Augenblicke eingeschlafen.

Wenig später stiegen sie aus dem silbernen Drachen aus. Die Landschaft war weiß und hell. Die Stiefel sanken ein in die weiße Masse.

„Was ist das?", fragte Manjaro neugierig und griff nach unten.

„Vorsicht", rief Samush. Er hatte schlechte Erfahrungen damit gemacht, unbekannte Substanzen auf dem Boden anzufassen.

„Es ist kalt", sagte Manjaro.

„Das ist Schnee", erklärte Erom. „Völlig ungefährlich. Es ist eine Form von Wasser."

Norak krümmte sich zusammen. „Das ist ja nicht auszuhalten hier", beschwerte er sich. „Es ist unerträglich. Wie haltet ihr das aus?"

Samush trat an Norak heran und überprüfte dessen Kleidung. Er machte ein paar Handgriffe.

„Oh", sagte Norak und richtete sich langsam auf. „Es wird warm. Danke."

„Schnee, schön und gut", sagte Manjaro und beobachtete dabei fasziniert, wie sein Atem in der Luft sichtbar wurde. „Aber warum sind wir jetzt hier?"

Erom schien herum zu drucksen, was für einen Droiden ein recht untypisches Verhalten ist.

„Wohnt hier jemand?", fragte Norak.

„Wohl kaum", tadelte Samush den Gedankengang des kleinen, dicken Wissenschaftlers.

„Als Wissenschaftler kommt man auf die verrücktesten Ideen, oder", kommentierte Manjaro, formte einen Schneeball und warf ihn Norak auf die Brust.

„Warum fragst Du?", fragte ihn Erom mit großen Augen.

Noraks Augen kullerten einen Moment lang unsicher hin und her. Dann zeigte er in die Ferne.
„Das sieht halt aus, als hätte da jemand was gebaut, was nun unter diesem Schnee liegt", erklärte er.

Die anderen folgten seinem Blick.

„Ich sehe da nichts", erklärte Samush.

„Der Wissenschaftler fantasiert wieder", behauptete Manjaro scherzhaft.

„Das ging ja schnell", sagte Erom zur Überraschung der anderen. „Tja, das menschliche Auge,
ein Wunderwerk. Ganz zu schweigen natürlich von
dem Gehirn dahinter... Bitte steigen Sie wieder
ein, wir fliegen mal dort hinüber."

Sie stiegen wieder in den silbernen Drachen
und flogen los. Erom brachte das Fluggerät nah an
die Felsenformation, auf die Norak gezeigt hatte.
„Wenn diese Felsen eine Behausung wären: Wo
könnte sich der Eingang offenbaren?", fragte er
über die Bordsprechanlage.

„Na, dort", rief Norak ohne zu zögern und zeigte auf eine bestimmte Stelle. „Da wo vorne ist, natürlich."

Manjaro und Samush blickten sich nur stumm
an, wollten sich aber nicht sofort wieder über Norak lustig machen.

Der Drache landete und sie stiegen wieder aus. Eine große Felsformation ragte vor ihnen auf und warf ihren Schatten auf sie. In der Umgebung ragten ein paar kahle Baumstämme verstreut im Schnee auf.

Norak zeigte wortlos auf eine Felswand, die vollkommen mit Schnee bedeckt war.

Samush und Manjaro vermieden Blickkontakt.

„Bleibt zurück", riet ihnen Erom und bewegte sich auf die Felswand zu. Dann machte er einen Riesensatz und sprang in den Schnee hinein.

Die zurückbleibenden drei Männer staunten und warteten ab. Einen Augenblick lang tat sich nichts. Sie gingen vorsichtig einen Schritt vor. Ein Geräusch begann, fast wie knarrendes und knackendes Holz. Schließlich stürzte die Schneewand ein und alle drei machten einen großen Satz zurück.

Dann tat sich wieder eine Weile nichts. Langsam kamen sie näher.

Eine Flamme schoss aus dem Schnee heraus nach oben in die Luft. Wieder machten die drei einen großen Satz zurück. Mit rasanter Geschwindigkeit wurde der Schneeberg kleiner. Nach wenigen Augenblicken bereits kam Erom wieder zum Vorschein. In der Hand hielt er ein Gerät, aus dem die Flamme schoss und den Schnee einschmolz. Es dauerte nicht lange, da hatte er die Feldwand vollkommen freigelegt.

Jetzt sahen sie es alle.

Das Tor war so groß, dass ein Troll hindurch gepasst hätte. Direkt daneben Pump-Mechanismen, um das Tor im Falle eines Energieausfalls manuell bedienen zu können.

Eine schwarze Fläche mit silbernem Rahmen war direkt in das Tor eingelassen, mittig etwa auf Höhe eines menschlichen Brustkorbes. Eine große Hand hätte darauf Platz gefunden. Erom winkte die anderen heran.

Testweise drückte er seine mechanische Hand dagegen. Nichts tat sich. Wortlos forderte er Norak auf, es ihm nachzumachen.

Als Norak seine Hand auf die Fläche legte, leuchtete sie grün auf. Ein lautes Krachen ging durch die Tür, als sie sich öffnete.

*

Morafey und Naga liefen durch die Wildnis. Für heute hatten sie den Soldaten genug gezeigt. Die Leute waren verbissen und überreizt zu ihrem Raumschiff zurückgekehrt. Auch die Jäger haben sich so gefordert gefühlt wie selten. Sie waren in einen A-Roll gestiegen und waren mit dem Fahrzeug in die Nähe des Rotstein-Plateaus gefahren. Dort hatten sie das Fahrzeug bis auf weiteres stehen lassen, um ihren Weg zu Fuß fortzusetzen. Ihr Ziel waren die Chiya; die zweite humanoide Rasse, die auf diesem Planeten lebte, die in der Vergangenheit auch als Engel oder Geister benannt wurden. Ihr Wohnort war die Engelsebene.

Unterwegs bemerkten sie, wie zwei Gestalten sich ihnen näherten und ihren Weg kreuzen würden. Sie unterbrachen ihren Lauf und gingen langsamer, um die Gestalten abzupassen.

Die erste Gestalt entpuppte sich als Yarom. Der große Droide in der leuchtend gelben Rüstung war mit einer Fee unterwegs und hob auf Entfernung eine Hand zum Gruß.

Im gleichen Moment konnten Naga und Morafey mit großen Augen beobachten, wie Yaroms Fee sich in der Luft in ihre Einzelteile zerlegte, die verstreut zu Boden fielen. Einen Augenblick lang standen sie sprachlos da.

Im nächsten Moment stürzte der Droide rückwärts zu Boden, begleitet von einem Geräusch, als ob ein dumpfer Schlag ihn getroffen hätte. Die Jäger liefen auf ihn zu. Der Droide richtete sich wieder auf und wurde ein weiteres Mal umgeworfen. Ganz deutlich konnte man sehen, wie in seiner Rüstung eine Beule entstand, als ob ein unsichtbares Geschoss ihn am Oberkörper getroffen und zurückgeworfen hätte.

Morafey und Naga blickten sich um, schauten in die Richtung, aus welcher der Angriff – wenn es denn einer war – gekommen sein musste. Auf einer tieferen Ebene des Rotstein-Plateaus standen zwei Gestalten. Sie trugen dunkle Kleidung. Weiße lange Haare wehten im Wind.

Die andere Gestalt erreichte den Ort des Geschehens. Es war Akyu, eine sich in der Ausbildung befindende Jägerin von Tekion, die ursprünglich aus Feuertal gekommen war.

Die Gestalten auf dem Plateau erhoben ihre Hände, als wollten sie etwas greifen, was sich vor ihnen in der Luft befand. Beide sahen für einen Augenblick so aus, als würde sich schwach ein Kreis aus Licht um sie herum formen.

Akyu hastete an dem Droiden vorbei und stellte sich aus Sicht der Gestalten vor ihn. Sie streckte die Arme aus, als wolle sie den Droiden schützen. „Nein, bitte nicht", rief sie laut.

Tatsächlich ließen die weißhaarigen Gestalten ihre Arme sinken, das Licht um sie herum verschwand, und sie drehten sich um und verschwanden aus dem Sichtfeld der Jäger.

Alle wandten sich Yarom zu. „Hallo, bist Du in Ordnung?", fragte Akyu besorgt.

Der Droide winkte ab. „Ja, mir geht es gut. Vielen Dank der Nachfrage."

Er stand auf und schaute sich die Beule in seiner Rüstung an. Für einen Augenblick lang schimmerte diese, dann beulte sie sich von alleine wieder aus. Das Schimmern verschwand.

Die Jäger staunten. Besonders Akyu machte große Augen, ging mit ihrem Gesicht nahe an die eben noch verbeulte Stelle und wirkte vollkommen fasziniert.

„Nur meine Fee hat den Angriff wohl nicht überstanden", sagte Yarom und blickte umher. Aus den Einzelteilen ließ sich keine Fee mehr zusammenbauen. „Das ist ärgerlich. Ich brauche sie für meine Mission."

„Was ist das für eine Mission?", fragte Morafey.

„Erkundung", erklärte Yarom unspezifisch.

Eine Stille entstand.

„Hey, ich bin Akyu", rief Akyu fröhlich, „und wie heißt Ihr?"

Sie stellten sich einander vor.

„Das ist so aufregend", fing die Jägerin von Tekion an zu reden. „Toll, dass ich Euch treffe. Ich bin eigentlich in der Ausbildung zur Jägerin, aber auf Tekion. Ich habe meine Fee auch gerade erst verloren. Dann bin ich ganz unvorbereitet auf wilde Tiere getroffen und musste fliehen. Ich bin auch hier, um Erkundungen vorzunehmen. Ich liebe es, Neues zu entdecken. Ich kenne hier überhaupt niemanden. Wollen wir Freunde sein?"

Naga und Morarey blickten sich bei Akyus begeisterten und ein wenig zusammenhangslosen Redeschwall wortlos an. Dann lächelten sie die Jägerin herzlich an. „Gerne", sagten sie beide gleichzeitig, und mit ihnen auch der Droide.

„Trotzdem – ich muss jetzt weiter. Vielleicht sehen wir uns ja später noch", verabschiedete Yarom sich von den Jägern, winkte und fing an zu laufen.

Akyu drehte sich mit ernstem Blick in die Richtung, in der die Gestalten mit den langen, weißen Haaren gestanden hatten. „Was haben die sich wohl dabei gedacht, uns einfach anzugreifen? Wie unverschämt! Das geht doch nicht. Das sollte ihnen mal jemand sagen", sagte sie.

„Eigentlich griffen sie ja nur die Fee und Yarom an", überlegte Morafey. „Sie brachen ihren Angriff ab, als Du Dich in den Weg gestellt hast. Sehr mutig von Dir, das muss ich schon sagen."

Akyu lachte verlegen und wuselte nervös ihre Haare durcheinander. „Meine unüberlegten Handlungen bringen mich ständig in Schwierigkeiten, sagt meine Schwester immer."

Sie richtete sich auf und fuhr fort: „Aber ich tue immer, was ich für gut und richtig halte, und sie sagt, ich habe das Herz am rechten Fleck."

„Ja, das hast Du wohl", bestätigte Naga.

„Hat mich gefreut", sagte Akyu mit einer leichten Verbeugung. „Ich hoffe, wir sehen uns bald wieder, aber ich muss jetzt weiter."

„Hat uns auch gefreut, Akyu", entgegnete Morafey. „Dann pass auf Dich auf und bis bald!"

Akyu winkte. Sie lief in die Richtung des Rotstein-Plateaus.

Naga schaute ihr besorgt hinterher. „Sie wird ja wohl nicht tatsächlich ...?"

Einen Augenblick lang schauten sich die Jäger an. Dann verwarfen sie den Gedanken, schüttelten den Kopf, lächelten sich an und setzten ihren Weg fort.

Schnell kamen sie an die Engelsebene; ein Gebiet mit hohen dunklen Bäumen, Dornenbüschen, Nesselranken und stacheliger Insekten.

Als sie dieses Gebiet das letzte Mal durchquert hatten, war es eine Tortur gewesen. Doch dieses Mal schien es fast, als sei ihnen die Umgebung wohlgesonnen. Die Insekten ließen sie weitestgehend in Ruhe, die dornigen Pflanzen hakten sich kaum in ihre Kleidung ein. Und obwohl es hier keine Wege gab, schienen sie gradlinig und schnell in die gewünschte Richtung vorwärts zu kommen.

Schon bald erreichten sie ein Gebiet wie eine Lichtung innerhalb der stachligen Umgebung. Es war eigentlich ein See, auf dem die verschiedensten Wasserpflanzen wuchsen – Ranken, Wasserblumen sowie Gräser, Moose und Pilze. Viele Pflanzen waren so geformt, dass sie Wasser hielten; Pize hatten schalenförmige Hüte, Gräser hatten kleine Netze an ihren Spitzen und hielten dicke Wassertropfen darin.

Es wirkte wie ein kleines Paradies. Die beiden Jäger sogen die Düfte ein, die sich ihnen hier boten und genossen den Anblick.

Kleine Wald- und Wiesenbienen in grünen und gelben Farben flogen hier umher, bewegten sich mit ihren festen, langen Härchen durch die Luft und sammelten Nektar ein. Ein paar Rüssel-Flugechsen taten es ihnen gleich.

Am Rande des Gebiets war ein Hügel mit einem Höhleneingang, den sie bereits kannten, umgeben von Zweigen und Ranken. Es wirkte wie natürlich gewachsen.

Naga und Morafey bewegten sich schnell und geschickt dorthin, steigen hinein und fanden sich in einer kleinen Höhle wieder. Die Wände waren von Pflanzen bewachsen. Sie wussten, dass es

eine Stelle gab, an der hinter den Pflanzen gar
keine Wand war. Sie griffen zwischen die Ranken
und schoben sich hindurch.

Auf der anderen Seite ging eine Treppe aus
Zweigen, Wurzeln und Rankenpflanzen hinab.
Winzige Pilze und dünne, silberne Ranken zogen
sich durch die Wände und spendeten ein wenig
Licht in der Dunkelheit. Je tiefer die Jäger die Trep-
pe hinabstiegen, um so mehr der leuchtenden
Pflanzen fanden sie vor.

Schließlich mündete der Gang in ein riesiges
unterirdisches Gewölbe, in dem fantastische Kon-
struktionen allein aus lebendigen Pflanzen angelegt waren – verschiedene Ebenen und Treppen
waren ineinander verwoben und stabilisierten sich
gegenseitig.

Diffus fiel Licht durch die Decke, die aus einem
Netz von festen Pflanzenfasern bestand, über dem
der See lag. Schatten der Lebewesen im Wasser
bewegten sich darauf umher.

Schläuche und Säulen aus dünnen Rankenpflanzen hingen von der Decke herab. An ihren In-
nenwänden aus netzartigen Strukturen lief langsam Wasser hinab in die Tiefe. Sie wirkten, als ob
sie Licht transportieren würden. Immer wieder
schien ein Schwall von Licht hier und dort durch
die Strukturen hinab zu fließen und sich unten in
der Tiefe zu verlieren, sich in Töne von Blau und
Violett zu verwandeln, bevor sie sich auflösten.

Von unten wiederum leuchtete warmes Licht
aus hohen Säulen herauf, welche durch den Boden zu wachsen schienen; halbtransparente Kristalle, die Töne von Gelb, Orange und Rot auss-

trahlten, welche sich in endlos langsamer Geschwindigkeit abwechselten und dadurch fast lebendig wirkten.

Es war eine andere Welt.

Unten wartete bereits eine Gruppe von Chiya auf sie. Auf den ersten Blick hätte man sie für Menschen halten können. Doch sie hatten eine etwas höhere Stirn, ausgeprägtere Wangenknochen, sahen insgesamt etwas knochiger aus und hatten eine Haut, die wirkte, als würde sie schnell zwischen Schwarz und Weiß wechseln – oder in beiden Farben zur gleichen Zeit schimmern. Jeder Chiya hatte auch ein paar individuelle Flecken im Gesicht und am Körper, die ein wenig anders schimmerten.

Dhiae, eine weibliche Chiya, stand vorne und begrüßte die Neuankömmlinge als erste. Sie hatte schlichten Schmuck aus Holz und Horn in den Haaren, eine Kette scharfer Zähne um den Hals und trug verzierte Armreifen aus Gold. Sie hielt ein kleines, zierliches Rohr in ihrer Hand.

Auch Yoma stand in der Gruppe. Bei ihrem letzten Zusammentreffen war er derjenige gewesen, der den Schmuck und das Rohr getragen hatte. Wobei Dhiae wohl ihren eigenen Haarschmuck trug, jedoch die gleiche Kette, die goldenen Armreifen und das Rohr, das Yoma zuvor mit sich geführt hatte. Dieses Mal trug er jedoch keinen Schmuck, genauso wenig wie die beiden anderen Chiya. Eine Frau, die sich als Neyadi vorstellte sowie ein Mann namens Liuko.

„Ihr wusstet, dass wir kommen", vermutete Morafey.

Dhiae lächelte wissend.

Die Chiya kommunizierten untereinander auf sehr subtile Art und Weise. Sie benutzten nicht immer Worte, sondern beobachteten einander so genau, dass man sich gegenseitig die Antworten ansah, ohne dass sie ausgesprochen werden mussten.

So bestand auch keine Notwendigkeit, Morafeys Frage mit Worten zu beantworten. Die Jägerin kannte das Kommunikationsverhalten der Chiya bereits und lächelte ihrerseits.

Ebenso wenig entging Dhiae die Überraschung, welche die Jäger zeigten, weil sie den Schmuck trug, den zuvor Yoma getragen hatte.

„Wir wechseln uns mit Aufgaben ab", erklärte sie.

„Ach so, deswegen trägst Du also jetzt den Schmuck, den Yoma das letzte Mal getragen hatte", bemerkte Morafey. Sie hatte das Gefühl, dies sagen zu müssen, da sie es gewohnt war, dass Beobachtungen und Schlussfolgerungen ausgesprochen wurden, selbst wenn sie offensichtlich waren. Dennoch hatte sie jetzt das Gefühl, etwas Überflüssiges gemacht zu haben und errötete leicht.

Dhiae lächelte sie ermutigend und verständnisvoll an.

„Ihr seid rechtzeitig hier für das Hilupooni", erklärte sie feierlich.

Die Jäger schauten sich gespannt an.

Wortlos luden die Chiya sie ein, ihnen zu folgen. Sie gingen zwei weitere Treppen hinab durch kleine Hallen und schließlich in einen Raum hinein.

Die Wände waren angefüllt mit Gegenständen aus pflanzlichem und tierischem Material. Manche davon schienen einen praktischen Nutzen zu haben, andere schienen der Kunst zu dienen. Naga und Morafey hatten allerdings bereits gelernt, dass diese Gegenstände für die Chiya besondere Bedeutungen hatte, so wie die Menschen Gedächtnissteine benutzten, um Wissen darauf zu verewigen.

Eine große Holzscheibe, die einst Teil vom Stamm eines großen Baumes war, lag in der Mitte des Raumes und diente als Tisch. Sechs Schalen waren im Kreis darauf positioniert worden. Sie sahen aus, als wären sie getrocknete Pilzhüte der Wasser sammelnden Pilze auf der Oberfläche des Sees, der sich irgendwo über ihnen befand.

In der Mitte dieser Scheibe lag eine kleinere Scheibe, die ebenfalls einmal ein Baumstamm gewesen war. Sie war schwarz. Auf ihr befanden sich ein paar kleine Werkzeuge, ein kleiner Krug mit einer Flüssigkeit darin und eine Frucht, deren Schale alle Farben des Regenbogens zeigte.

*

Die Tür schloss sich hinter Ion und Bero und ließ sie einen Augenblick im Dunkeln zurück. Im Raum vor ihnen ging jedoch das Licht an. Vorsichtig schritten sie den kurzen Gang entlang in den Raum hinein.

Die Wände waren verziert mit großen Streifen von dunkelblauem Tuch mit goldenem Rand. Sie zeigten eine goldene Sternblume sowie ein kleiner Stern darüber.

Ein großer, langer Tisch aus Stein stand in der Mitte des Raumes. Zwölf bequeme, gepolsterte Stühle standen um ihn herum. Ein Schrank stand an der Wand. Durch seine Glastür hindurch sah man Schalen, Gläser und Krüge.

Auf der gegenüberliegenden Seite des Raumes stand ein Pult auf einem Podest. Pult und Podest war ebenfalls aus Stein. Die Front des Pultes zierte das richterliche Abzeichen. Links und rechts von dem Podest standen Statuen von wilden Tieren, ihnen unbekannte Kreaturen in Ketten, die zahm da saßen. Sie hatten einen muskulösen Körper, scharfe Krallen und große Zähne und waren deutlich größer als Menschen.

An der Wand hinter dem Pult stand die Statue eines Menschen mit Flügeln, der die Arme zu den Seiten ausstreckte und mit friedlichem Blick hinabschaute. Sie war so groß wie zwei Menschen.

In allen vier Ecken des Raumes standen kleine Springbrunnen aus Stein, die mit klarem Wasser leise vor sich hin plätscherten.

Auf Höhe des Pultes gab es jeweils eine Tür nach links und rechts aus Holz. Neben jeder der Türen war ein kleiner unscheinbarer Verschlag für Gnome.

Im Grunde genommen war dieser Raum grundlegend identisch mit dem Raum, den sie bereits unter dem Dorf Geroda entdeckt hatten. Der Raum einer größtenteils vergessenen Geheimorganisation.

Beros Handgelenk-Terminal machte Geräusche. Er tippte darauf und las konzentriert eine Nachricht. „Novus wird von wilden Tieren angegriffen", meldete er schließlich. „Es scheint unter Kontrolle zu sein, aber vielleicht sollten wir zurückkehren?"

Einen Augenblick lang schauten sich Ion und Bero unentschlossen an.

„Übernimmst Du das?", fragte Ion schließlich. „Ich komme gleich nach."

Bero nickte ihm zu und kehrte sogleich um. Von innen ließ die Nische sich problemlos öffnen.

Ion war allein im Raum.

Langsam schritt er zum Pult, kritisch die Stoffe musternd, die an der Wand hingen. Er stellte sich an das Pult. Ein leichtes Kopfschütteln der Ungläubigkeit.

Jemand ging so dicht hinter ihm vorbei, dass dessen Mantel ihn streifte. Ion wusste sofort, dass in Wirklichkeit niemand dort hinter ihm war. Er spürte dennoch die Anwesenheit von Zent. „Bist Du der Führer", fragte Zent, „oder der Geführte?"

Erneutes Kopfschütteln. „Weder, noch", flüsterte Ion. Erinnerungen an seinen Traum stiegen in ihm auf und sorgten für ein gewisses Unbehagen. Er drückte auf die versteckten Knöpfe am Pult, von denen er wusste, dass sie da wären, wie an dem anderen Pult in dem Raum unter Geroda. Der Mediator fragte sich, ob er zu viele Schmerzmittel nahm.

Eine schmale Steintafel fuhr aus dem Pult heraus. In ihr war ein Terminal eingearbeitet.

Aus dem Terminal stieg zu Ions Überraschung ein Ball aus Licht auf. Er kugelte auf dem Terminal herum und entfaltete sich dann zu dem Hologramm einer kleinen Kreatur. „Hallo", begrüßte Ion das Holo-Wesen, „Neo Dillo, nicht wahr?"

Neo Dillo war das Abbild eines Gürteltieres, einem Tier von der Erde, das es auf Kumono nicht gab.

Der nicht existente Zent stellte sich neben das Pult und ging mit dem Gesicht so nahe an das Holo-Wesen heran, dass er fast mit seiner Nase dagegen stieß. Er hatte eine Brille auf. Sie konnte auf Knopfdruck sowohl verdunkelt wie auch verspiegelt werden, jetzt war sie jedoch klar.

„Ja, wie kommt der denn wohl hierher?", fragte er in einem Tonfall, der Ion zu denken gab.

Neo Dillo rollte sich wieder zu einer Kugel zusammen und kullerte nach rechts, wo er sich wieder entfaltete und so tat, als würde er herumschnüffeln. Während Ion konzentriert auf das Hologramm schaute, machte sich Zent auf den Weg zur Tür, die sich zu Ions Linken befand.

Die Tür öffnete sich und Zent drückte sich an dem Droiden vorbei, der im Türrahmen stand. Er sah Erom sehr ähnlich, allerdings war er anthrazitfarben gehalten und seine grünen Augen waren oval und erinnerten an menschliche Augen.

„Mediator", begrüßte er Ion.

„Hallo, wer bist Du?", fragte Ion. Er war erst milde überrascht, doch dann steigerte sich das Gefühl ernsthaft. „Wie kommst Du hier her?", fragte er.

„Ah, wir kennen uns wohl noch nicht", erwiderte der Droide und machte eine beschwichtigende Geste. „Tut mir leid, ich kann mir nur schlecht Gesichter oder Namen merken. Aber keine Sorge, es wird sich alles aufklären, ich bin hier um zu helfen."

Ion sah das Abzeichen an der Brust des Droiden. Es hatte einen Goldrand und war ansonsten komplett schwarz.

„Ich bin Arom", stellte sich Arom vor. „Ich bin der erste Droide."

„Ich dachte, Erom wäre der Prototyp aller Droiden gewesen", entgegnete Ion nachdenklich.

Arom wandte seinen Kopf hin und her, als fiele es ihm schwer, eine passende Antwort darauf zu finden. „Das ist im Prinzip auch richtig", presste er geradezu hervor und nickte dann.

Ions Argwohn wuchs. „Erkläre mir das bitte", forderte er.

„Später vielleicht", entgegnete der Droide mit einer abwinkenden Geste.

„Nein, ich befehle Dir, mir sofort zu antworten", verlangte der Mediator ungewöhnlich scharf.

Arom legte eine Hand in den Nacken, scheinbar eine Geste der Verlegenheit.

In den Schatten hinter der Tür sah Ion einen Augenblick lang Zent, der die Geste des Droiden nachahmte.

„Nein", sagte Arom schließlich knapp und verschränkte die Arme vor der Brust.

„Du musst mir gehorchen", erklärte Ion entrüstet.

Arom schüttelte nur den Kopf und zuckte mit den Schultern.

Ion wollte zu seinem Zepter greifen, doch der Droide streckte ihm blitzschnell eine mechanische Hand entgegen. In der Handinnenfläche sah Ion die Mündungsöffnung eines Rohres – der Droide hatte eine Handfeuerwaffe in den Unterarm eingebaut.

Ion wagte es nicht, sich zu rühren. Diese Situation schien ihm komplett unrealistisch.

„Komm schon, vertrau mir", schlug Arom vor mit einem süffisanten Ton in der Stimme und hielt Ion seine andere Hand hin als eine Geste des Vertrauens.

„Wie könnte ich das?", fragte Ion. „Du richtest eine Waffe auf mich."

„Und ich erschieße Dich nicht, obwohl ich das könnte", erklärte Arom in einem gönnerhaften Ton und zuckte dabei wieder mit den Schultern. Im Schatten der Tür tat Zent genau das gleiche. Arom nahm die Arme runter.

„Ich habe Dir und deinen Freunden übrigens schon oft geholfen", behauptete er. „Denk nur mal an die geheime Anlage nahe des Rotstein-Plateaus. Ohne mich wärst Du in den Tunneln von den Schattenpardern gerissen worden. Deine Freunde wären von einem Saurier gefressen worden. Und ohne mich hätten auch deine kleinen Freunde in der Luft nicht so schnell das System der Anlage gehackt, und ihr wärt alle in der Lava umgekommen. Soll ich fortfahren? Es ist eine lange Liste."

Der Droide klang fast gelangweilt. Er wirkte so menschlich, dass er Ion Angst machte. Oder war es deswegen, weil er seinen Befehlen nicht gehorchen wollte?

„Wem unterstehst Du?", fragte Ion.

„Sehr gute Frage!", kommentierte Arom begeistert. Seine Augen leuchteten. Ion nahm eine

Bewegung im Schatten der Tür wahr, konnte aber nichts erkennen.

Arom schritt durch den Raum. „Wenn Du raten müsstest?", fragte er. Er zählte mit den Fingern: „Dem Orden der Sternenblume, dem Eiskristall-Orden, dem Orden des Geistesfeuers, oder vielleicht noch einem anderen?"

Er verharrte, Ion den Rücken zukehrend.

Ion zog die Augenbrauen zusammen und schaute dabei zu, wie Neo Dillo friedlich über den Terminal marschierte. Die Aufzählung dieser Orden hatte ihm neue Informationen beschert, wenn auch erst einmal nur in Form von Fragen.

„Hierarchie", murmelte Ion.

„Ein schönes Wort", kommentierte Arom mit leuchtenden Augen.

Ion dachte an des Abzeichen auf der Brust des Droiden. Es sah anders aus als die üblichen Ordens-Abzeichen, die er kannte.

„Keinem davon. Es gibt noch einen höheren Rang als den eines Mediators", schlussfolgerte Ion aus seinen Gedanken.

Arom schnipste mit den Fingern, drehte sich elegant herum und zeigte auf Ion. Wieder leuchteten seine Augen.

Zent schritt aus den Schatten, sichtbar neugierig und interessiert. „Aber das interessiert Dich nicht", höhnte er. „Du willst dieses Spiel ja nicht spielen."

„Wer hat diesen Rang?“, fragte Ion und schaute dem eingebildeten Zent fest in die Augen. „Wie erhält man diesen Rang?“

„Beides gute Fragen“, sagte Arom mit Zufriedenheit in der Stimme. „Unglücklicherweise kann ich Dir wirklich nicht sagen, wer zur Zeit Archon ist, oder wie man diesen Rang erhält.“

Dabei hielt er sich eine Hand auf seinen Brustkorb, während er die andere vor sich in die Luft hob, als Geste der Ehrlichkeit.

Er trat an das Pult heran und kraulte Neo Dillo, der dabei leise quiekte. Ion schaute ihm dabei nachdenklich zu. Wieder eine neue Information. „Archon“, murmelte er. Arom nickte.

„Archon, Ion“, sagte Zent mit Humor in der Stimme. „Archon Ion“, sagte er anschließend, wieder belustigt. Die Betonung seiner Worte war beim zweiten Mal eine andere.

Ion stockte. „Wer hat Dich aktiviert?“, fragte er.

„Diese Information unterliegt strengster Geheimhaltung“, entgegnete Arom mit einer locker ausgeführten wegwischenden Geste.

„Du warst doch eigentlich in dem Raum unter Geroda. Als Bero Dich dort gefunden hat, warst Du deaktiviert“, überlegte der Mediator. „Dein Akku lag neben Dir.“

„Aber nein", sagte Arom langgezogen mit einer abwinkenden Bewegung. „Ich machte nur ein Päuschen. Der Akku war nur ein Ersatzakku."

„Du hast das also mitbekommen", knurrte Ion, „und hast so getan, als wärst Du deaktiviert. Warum?"

„Ich habe meine Regeln und Befehle", war die schlichte Antwort.

Dann hob Arom den Zeigefinger. „Aber eins darf ich Dir anvertrauen – etwas persönliches. Ich habe mich sehr darüber gefreut, dass Du Gnom 33 aktiviert hast und die ganze Sache", er machte dabei eine ausschweifende Geste, „damit ins Rollen gebracht hast. Ich konnte die ganze Geschichte übrigens sogar zurückverfolgen zu Gnom 147. Den hat es ja leider zerlegt. Aber das war ja dennoch eine glückliche Fügung."

Ion erinnerte sich an die Nummerierung der Gnome. Gnom 33 hatte er im Lagerhaus von Geroda gefunden und aktiviert. Mit ihm hatte er Tekion betreten und der hatte Erom aktiviert. Gnom 147 gab ihm zu überlegen. Schließlich kam er darauf: Es war der Gnom gewesen, der auf Geroda zugelaufen war, als man Gnome noch für feindliche Lebewesen hielt.

„Du warst schon aktiviert, als ...", fing er an, stockte und überlegte weiter. „Du bist noch aktiviert seit der Zeit vor der Katastrophe", rief er ungläubig mit großen Augen.

Der Droide schaute auf seinen Handgelenkrücken. „Oh, schon so spät, jetzt müssen wir aber los", sagte er. Eilig ging er mit dem eingebildeten

Zent zusammen durch die Tür und schloss sie hinter sich.

„Wohin?", fragte Ion und wollte ihm folgen, doch die Tür ließ sich nicht öffnen.

Bei seinem Ruck und dem überraschenden Standhalten der Tür durchfuhr ihn ein Schmerz. Er wartete, bis der Schmerz nachließ und kramte ein Schmerzpflaster hervor.

*

Norak, Samush, Manjaro und Erom betraten eine riesige Halle. Sie war größtenteils leer, hier und dort stand ein Terminal herum oder ein Regal mit Technik. Der Boden zeugte davon, dass einst Trolle durch die Halle gefahren sind. Ein kreisrundes Emblem war in den Boden eingelassen. Es hatte den Durchmesser von zwei großen Menschen und zeigte einen sechsarmigen Eiskristall.

Erom stellte sich ein einen Terminal und aktivierte ihn erfolgreich. „Machen wir es uns gemütlich", sagte er und tippte vor sich her. Dann drehte er sich zu den anderen um. „Gleich wird es warm", versprach er. „Wir können uns ja schon mal hier umsehen."

Sie fingen an, die Anlage zu erkunden. Wohnstätten, Küchen und Waschräume befanden sich auf dieser Ebene. Schließlich gingen sie eine Treppe hinab. Auf dieser Ebene befanden sich Labore. Die meisten waren verwüstet. Was hier geforscht worden war, ließ sich nicht mehr erkennen. Die Räume wurden warm.

„Wer hat das hier erbaut?", fragte Samush.

„Eine gute und berechtigte Frage", erwiderte Erom.

„Warum wurde die Anlage verlassen?", fragte Manjaro.

„Auch eine gute Frage", entgegnete Erom.

„Vor allem, weil ja noch alles hier zu funktionieren scheint", sagte Norak. „Wurde die Anlage nicht von der großen Katastrophe betroffen?"

„Sie wurde möglicherweise erst danach gebaut", sagte der Droide. „Aber das ist nur eine Vermutung."

„Jetzt ist es aber wirklich warm hier", sagte Samush. Die drei Menschen stellten die Wärme-Funktion an ihrer Kleidung aus und öffneten ihre Jacken.

Sie gingen eine weitere Treppe hinunter. Sie mündete in einen Gang, der an einer schweren Metalltür endete. Ein großes, schweres Rad war an ihr befestigt, welches als Schloss diente.

Erom machte sich daran, die Tür zu öffnen, indem er das Rad drehte.

„Manche Türen bleiben vielleicht besser verschlossen", sagte Norak ängstlich.

Samush und Manjaro belächelten ihn.

Die Tür ging schließlich auf. Dahinter befand sich eine große, kahle Halle. Sie gingen hinein. Automatisch flutete Licht von der Decke auf sie herab. Bis auf ein paar lange, gewundene Baumstämme war die Halle anscheinend leer.

„Und was passierte hier?", fragte Samush ratlos. Sein Ton verriet, dass er nicht daran glaubte, dass hier viel passiert wäre.

Manjaro schlich sich von hinten an Norak ran. „Ich bin ein Baumstamm und will Dich fressen", zischte er und brachte damit Samush zum lachen.

Norak verzog das Gesicht. „Wahrscheinlich sind die Menschen gar nicht dazu gekommen, hier etwas zu machen, bevor sie die Anlage verlassen haben", erklärte er seine Gedanken.

„Los, sofort raus hier", rief Erom. Mit ausgebreiteten Armen schaffte er es, alle drei Menschen gleichzeitig in Richtung der Tür zu schieben. „Schnell", rief er.

Um sie herum erwachten die scheinbaren Baumstämme zum leben, räkelten sich, öffneten schwarze Augen und zahnbewehrte Mäuler.

Sie rannten panisch aus der Halle heraus. Erom war gerade dabei die Tür zu schließen, als zwei dornige Spitzen der Wesen sich in die Öffnung der Tür drängten.

„Lauft zum Schiff", rief Erom den anderen zu.

Norak, Manjaro und Samush liefen die Treppe hoch in die Ebene der Labore, durchquerten sie, liefen die Treppe zu den Wohnräumen hoch, durchquerten sie und schafften es bis in die Halle, durch die sie die Anlage betreten hatten. Manjaro öffnete das große Tor. Norak fiel auf die Knie, Samush wollte ihm wieder aufhelfen. Sie schnauften und schwitzen.

Schließlich gingen sie gemeinsam durch das Tor nach draußen. Der Anblick verschlug ihnen den Atem.

Ein riesiges Gebiet um den Eingang herum war jetzt nicht mehr von Schnee bedeckt, sondern von nassem erdigen Boden. Große Dampfschwaden stiegen davon auf.

„Was ist hier passiert?", fragte Manjaro atemlos.

„Die Heizung", keuchte Samush.

Norak hörte auf zu schnaufen. Seine Augen wurden groß und kullerten hin und her.

„Lagen hier nicht auch vorhin noch überall Baumstämme herum?", fragte er.

*

Kessaya marschierte unaufhaltsam wie eine Maschine durch die Gänge des weißen Turms. Ihre schweren Stiefel hallten durch die Gänge. Shana und Terra hatten Mühe, mit ihrem Elan Schritt zu halten.

„Was suchen wir denn jetzt?", fragte Terra und schaute sich überall achtsam um.

„Wir wissen es, wenn wir es finden", behauptete die kleine Richterin.

„Und diese Dokumente sind es nicht?“, fragte Terra und winkte mit einem tragbaren Terminal. „Ich finde sie äußerst spannend. Der Versuch, alle Technik und die verschiedenen Netzwerke miteinander zu koppeln und zu einem einzigen, großen System zusammenzuschließen – ich kann mir vorstellen, dass da was schief gelaufen ist und so die große Katastrophe ausgelöst wurde.“

„Vielleicht“, murmelte die kleine Richterin von Liberin und schaute die Gänge links und rechts von sich entlang. „Aber das suchen wir nicht.“

„Woher willst Du das denn wissen?“, fragte Terra ein wenig aufgebracht.

„Wir wissen es, wenn wir es finden“, behauptete die kleine Richterin. „Wir wissen es genau!“

„Ich bin schwanger“, beschwerte sich Shana. „Ich dachte, wir machen hier eine kleine und einfache Aufklärungsarbeit. Hätte ich gewusst, dass ich hier so gehetzt werde, wäre ich zu Hause geblieben.“

Kessaya marschierte weiter. „Ihr werdet ja wohl mit einer kleinen Person wie mir mithalten können“, entgegnete sie den Beschwerden ihrer Begleiterinnen.

Sie stoppte und schaute auf die beschrifteten Pfeile auf dem Boden.

„Als nächstes gehen wir zu den Studios“, sagte sie und zeigte in die Richtung, in die eine der Pfeile zeigte. Sie setzte wieder zum Marsch an.

Shana blieb stehen. „Wir suchen doch nicht das Offensichtliche, hab ich nicht Recht?", fragte sie.

Ihre Frage brachte Kessaya zum Stehen. Mit fragendem Blick drehte sie sich zu der Lehrerin um.

Shana blickte erneut auf den Boden und studierte die Pfeile. Aber es war wirklich so: Es gab einen Weg, der nicht durch Pfeile gekennzeichnet war. „Gehen wir doch mal hier lang", schlug sie vor. „Der Weg ist nicht beschriftet."

„Ja!", rief Kessaya voller Begeisterung und riss die Arme in die Luft. „Deswegen seid Ihr hier. Zusammen sind wir ein unschlagbares Team!"

Sie marschierte sofort los. Shana und Tessa seufzten und folgten ihr.

Es ging abwärts. Eine lange Treppe führte sie tief hinab durch ein Treppenhaus. Schließlich endete ihr Weg an einer schweren Metalltür. Ein großes, schweres Metallrad war als Verschlussmechanismus an ihr befestigt.

„Wer ist stark?", rief Kessaya und hob beide Arme in die Höhe, als wollte sie die Frage gleich beantworten. Dann drehte sie sich aber zu Shana und Tessa um und zeigte auf sie. „Ihr seid stark", rief sie in einem zuckersüßen Tonfall.

Die Lehrerin und die Jägerin schauten sich gegenseitig an und seufzten. Dann machten sie sich daran, das Rad zu drehen um die Tür zu öffnen.

Schließlich öffneten sie die Tür und sie traten hindurch.

Sie betraten eine riesige Halle. Die Lichtverhältnisse waren schlecht. Vereinzelte Lichtkugeln schienen noch zu funktionieren, hingen jedoch nicht an der Decke, sondern strahlten aus Schuttbergen heraus. Hier und da flackerte oder blinkte eine Lichtkugel, und sorgte für eine unangenehme Atmosphäre.

Die Halle war angefüllt mit undefinierbaren Behältern, die schlank aufrecht standen, sofern sie nicht dem Unglück zum Opfer gefallen waren, das hier stattgefunden haben musste. Die Behälter waren zur Hälfte transparent. Die transparenten Hälften der Behälter waren größtenteils zersplittert. Verschiedene Schläuche und Drähte waren an ihnen befestigt oder befestigt gewesen.

Der Boden war übersät mit Schutt und Scherben, zerrissenen Drähten und Schläuchen.

Kessaya schluckte. Shana und Tessa taten es ihr gleich.

Dann fingen sie an, sich ganz langsam und vorsichtig vorwärts zu bewegen, als könnte jederzeit etwas Unvorhergesehenes passieren. In der Mitte der Halle schien am wenigsten Schaden entstanden zu sein. Sie näherten sich einem Bereich, in dem noch vier Lichtkugeln unversehrt an der Decke hingen und nach unten strahlten. All die Behälter und verschiedene andere Apparaturen versperrten ihnen jedoch die Sicht, so dass sie sich voller Unbehagen langsam der Mitte der Halle näherten.

Unter den vier Lichtkugeln standen vier Behälter, die recht unversehrt aussahen. Die Schritte der drei wurden immer langsamer, ihre Augen immer größer. Schließlich erkannten sie, was sich in diesen vier Behältern befand. Es waren die gut erhaltenen sterblichen Überreste von Vila.

„Da siehst Du, es gibt sie doch, Zuckerschnute", flüsterte Kessaya.

*

Ion verließ die Höhlen von Novus. Er traf auf Bero, der ihn erschrocken ansah. „Du siehst schlimm aus", sagte er und nahm ihm sein ELF ab.

Die Giganten liefen zwischen Trollen, Kisten und Containern umher und riefen einander unsinnige Sachen zu. Ion deutete mit dem Kinn zu ihnen rüber. „Was machen die da?", fragte er.

„Bis eben haben sie die Höhlen verteidigt", erklärte Bero. „Es gab doch Angriffe wilder Tiere. Aber wir haben sie erfolgreich abgewehrt, ohne größere Probleme."

Er zeigte auf sein Handgelenk-Terminal. „Jetzt gerade wird Geroda angegriffen! Ich wollte mich eben in diesem Moment auf den Weg begeben."

„Nichts wie hin!", rief Ion und Bero nickte zustimmend.

„Wir müssen mit einem A-Roll fahren", erklärte der Richter von Geroda. „Alle Fluggeräte sind gerade unterwegs. Unsere Feen können wir ja mitnehmen, sie werden uns bestimmt helfen."

Ion nickte.

Sie stiegen ein und fuhren los. Bero bestand darauf, das Steuer zu übernehmen. Er glaubte nicht, dass Ion in der Verfassung wäre zu fahren. Und das Fahrzeug wollte er auch nicht fahren lassen. Die Giganten folgten ihnen, waren aber nicht so schnell wie Bero, der alles aus dem A-Roll raus holte.

Es war Abend, als sie ankamen. Die Dämmerung vermochte nicht, die Verwüstung um das Dorf herum zu verbergen. Pflanzen- und Tierwelt waren radikal dem Erdboden gleich gemacht worden.

Sie fuhren ins Dorf hinein. Missmutige Blicke begegneten ihnen. Sie wunderten sich noch, als sie sahen, wie der schwarze Drache landete. Aus der Entfernung näherte sich der silberne Drache.

Auch Morafey und Naga liefen ins Dorf.

Sie fanden sich alle zusammen.

„Gehen wir", sagte Ion und machte eine kurze Pause, „nach ‚unten'."

Sie zerstreuten sich kurz, um unauffällig in kleinen Gruppen durch die Technik-Tunnel des Dorfes in den darunterliegenden versteckten Raum ihrer Geheimorganisation zu gelangen. Dort fanden sie sich alle gemeinsam ein. Ihre Gesichter zeigten Erschöpfung und Unsicherheit. Selbst Erom schien nicht der übliche ausgeglichene Droide zu sein.

Ion holte Holzplatte und Holzhammer unter dem Pult hervor, klopfte damit und eröffnete die Sitzung.

*

Kapitel 5: Verschwörung

„Heute war ein langer und anstrengender Tag für uns alle", sagte er mit einem mitfühlenden Blick in die Gesichter seiner Freunde und Mitverschwörer. „Also möchte ich es möglichst kurz halten. Wenn ich richtig informiert bin, haben wir aber alle wichtige Erkenntnisse gesammelt, die wir nur hier unter uns teilen können. Möchte jemand den Anfang machen und berichten?"

„Im weißen Turm von Tekion wurden Vila gefangen gehalten", fing Kessaya an und schob sich ihren Zylinder aus dem Gesicht. Die kleine Richterin war jetzt noch bleich, was ihre Sommersprossen noch hervorhob.

„Sie wurden dort gezüchtet, glaube ich", ergänzte Terra.

„Außerdem", fügte Shana hinzu und winkte mit einem tragbaren Terminal, „haben wir Dokumente gefunden, nach denen es einen Versuch geben sollte, alle Technik und alle Netzwerke des Planeten zu einem einzigen großen Netz zusammenzuschließen. Vielleicht hat das die große Katastrophe ausgelöst."

Das Terminal wurde nach vorne durch geschoben und Ion nahm es in Empfang.

„Das passt zusammen", sagte Manjaro nachdenklich. „Wir haben heute eine verlassene Anlage hoch im Norden entdeckt. Dort wurden anscheinend Bäume gezüchtet, die sich ähnlich tödlich verhalten wie Vila. Vielleicht sind sie sogar eine Art und Vila. Wir haben sie versehentlich aufgeweckt und sind nur knapp mit dem Leben davon gekommen. Ohne Erom hätten wir es nicht geschafft."

Erom ergänzte: „Ich fand Hinweise über die Anlage, fand jedoch mit technischen Mitteln keine weiteren Anhaltspunkte über ihren Ort heraus. Ich war mir jedoch sicher, dass menschliche Intuition sie finden konnte, also hab ich ein paar schlaue Jungs eingepackt und wir haben uns auf die Suche begeben."

Die erwähnten schlauen Jungs fühlten sich sichtlich geschmeichelt, für einen Augenblick bekamen ihre blassen Gesichter wieder ein wenig Farbe.

„Vila wurden also gezüchtet", murmelte Ion vor sich hin. „Warum?"

Er spürte, dass der eingebildete Zent wieder für einen kurzen Moment hinter ihm stand. Er drehte sich jedoch nicht zu ihm um.

„Vielleicht sollten sie für bestimmte Arbeiten eingesetzt werden", überlegte Samush laut.

Norak und Manjaro schnaubten. Sie teilten diese Meinung offensichtlich nicht.

„Welche Aufgabe könnten denn alles-fressende Bäume übernehmen?", fragte Norak beißend.

„Welche Aufgaben vor allem, die nicht besser von Maschinen zu erledigen wären", ergänzte Manjaro.

„Als Maschine kann ich dem nur zustimmen", sagte Erom. „Vila sind nicht gerade einfach zu handhabende und folgsame Arbeitstiere, da würden sich andere Lebewesen besser eignen. Maschinen jedoch können genauestens auf ihre Aufgaben programmiert werden, ohne dass die Gefahr besteht, dass diese mal keine Lust haben oder Menschen verspeisen wollen."

„Für mich ist das offensichtlich", sagte Naga leise aber mit eindringlicher Stimme. Seine ruhige Art und seine Fähigkeit, seine selten genutzte Stimme gut einzusetzen, brachte ihm augenblicklich die volle Aufmerksamkeit aller Anwesenden. „Die Vila wurden in meinen Augen gezüchtet, um sie kämpfen zu lassen. Sie sind stark, widerstandsfähig und aggressiv. Kämpfen können sie wirklich ausgezeichnet. Wir haben es erlebt."

Seine Worte ließen Erinnerungen an die Wasserfall-Höhle von Tekion lebendig werden, in welcher ein dramatischer Kampf mit einem Vila stattgefunden hatte.

„Vielleicht als Maßnahme gegen die wilden Tiere?", fragte Samush.

Die anderen Personen im Raum schauten sich ungläubig untereinander um, als könnten sie nicht glauben, dass jemand diese Idee geäußert hätte.

„Gegen Menschen", sprach Morafey das Unaussprechliche aus. Zustimmende Laute folgten ihren Worten.

„Vor einer Weile hätte ich diesen Gedanken für vollkommen unmöglich gehalten", sagte Bero.

„Ich erinnere mich an die Anlage von Zent, in der die Tiere dort technische Geräte an der Stirn hatten. Damit wurden sie kontrolliert. Auch Vila waren darunter.“

„Und ein Saurier“, entwich es Ion, als würde ihm dazu etwas einfallen, was er nicht aussprach. Beros fragender Blick traf ihn. Er und Manjaro waren diejenigen gewesen, die mit dem Saurier gekämpft hatten.

„Mir ist heute ein Droide begegnet“, erklärte Ion, „der bereits aktiv war, bevor die große Katastrophe geschah. Er hat sie überstanden und blieb aktiv bis zum heutigen Tag.“

Aufgeregtes Murmeln folgte seinen Worten.

„Ja, er hat uns nicht geholfen“, fuhr Ion fort, „und zwar, weil seine Befehle so waren. Er gehorcht niemandem von uns.“

Alle sprachen durcheinander.

„Das darf nicht sein“, rief Samush. „Er muss gestoppt werden.“

Ion nahm den Hammer und schlug damit auf die Holzplatte. Ruhe kehrte ein.

„Er ist gefährlich“, bestätigte der Mediator, fügte jedoch hinzu: „Aber er hat mir auch geholfen, glaube ich.“

Die Gruppe schwieg und wartete auf Erläuterungen.

Ion fuhr fort: „Er redete von Orden. Wie dieses hier der Orden der Sternblume ist", Ion zeigte auf die Stoffe, die von der Wand hingen und eine goldene Sternenblume zeigten, „so gibt es noch zwei oder sogar drei andere Geheimorden."

Wieder folgte aufgeregtes Murmeln.

„Nicht nur das", ergänzte Ion etwas lauter und brachte die anderen dazu, wieder zu verstummen. „Er sprach von einem Rang, der noch höher sein sollte als der Rang eines Mediators."

Schweigen.

„Er selbst schien aber nicht zu wissen – oder wollte es mir einfach nicht sagen –, wer dieser so genannte Archon ist, oder wie man diesen Rang erhält", schloss Ion.

Neo Dillo, das Holo-Wesen, kletterte aus dem Terminal heraus und lief auf der Schalttafel umher. Niemand beachtete es weiter.

„Ich glaube", sagte Ion mit einem besonderen Ton, der alle aufhorchen ließ, „dass Teile der Antwort sich auf der Asteara befinden. Ich werde sie in absehbarer Zeit besuchen."

Keiner sagte etwas. Die Menschen nickten.

„Ich würde mich freuen, wenn Du mich begleitest, Erom", ergänzte der Mediator. „Deine Hilfe an den Terminals wäre bestimmt von unschätzbarem Wert."

Der Droide nickte. „Ich werde Dich begleiten", sagte er.

„Wir waren bei den Chiya", berichtete Morafey. „Die Chiya wechseln sich übrigens ab mit ihren Aufgaben. Das letzte Mal haben wir mit einem Anführer gesprochen, der diese Aufgabe dann wieder abgegeben hat. Das macht immer mal jemand anders von ihnen. Wir haben dort an einem Ritual teilgenommen und eine regenbogenfarbene Frucht gegessen."

Bero, Samush und Manjaro stöhnten. Sie kannten diese Frucht und hatten keine guten Erinnerungen daran zurückbehalten. Sie sahen und fühlten Dinge, die nicht da waren und hatten die halbe Nacht in Angstzuständen verbracht.

Auch Ion hatte mit ihnen von der Frucht gegessen und fragte sich, ob der eingebildete Zent ein Resultat dieses Ereignisses war. Er schaute nachdenklich über seine Schulter zurück und sah dort auch prompt Zent hinter sich. Er schaut wieder nach vorne.

„Wir haben Dinge gesehen", sagte Naga geheimnisvoll.

„Das glaube ich", murmelte Bero mit einem Ton von Mitleid in der Stimme.

„Die Frucht dient der Vision", erläuterte der Jäger weiter. „Man kann mit ihrer Hilfe geistige Reisen vornehmen und sogar miteinander kommunizieren – in einer anderen Welt, die unsere durchdringt."

„Es ist nicht real", widersprach Manjaro. Samush pflichtete ihm stumm bei.

„Richtig angewendet ist es sehr wohl real", widersprach Morafey. „Wir waren in der Lage, dies zu überprüfen. Viel wichtiger ist jedoch", fügte sie mit eindringlichem Tonfall hinzu, „dass die Frucht nur ein Schlüssel ist, um eine Tür zu öffnen, die von Natur aus bereits in uns ist."

Sie erntete verwirrte Blicke. „Was meinst Du damit?", fragte Manjaro.

„Nicht nur die Chiya", versuchte sie zu erklären, „besitzen Fähigkeiten über unsere Vorstellung hinaus. Wir können Wissen erhalten, Dinge sehen uns untereinander verständigen, ohne dass es dazu der Technik bedürfte."

Sie schaute sich fragend um. Große Augen waren auf sie gerichtet. Keiner sagte ein Wort.

„Die Chiya beobachten uns Menschen", sagte Naga. „Sie blicken dafür durch die Augen anderer Wesen, hauptsächlich bedienen sie sich dafür der Nebelsänger, weil es mit ihnen sehr leicht geht."

„Die Vögel?", fragte Ion.

Naga nickte.

„Und was habt ihr gesehen?", fragte Terra.

„Dass es noch ein anderes Volk von Chiya gibt", erklärte Morafey. „Sie haben weiße statt schwarze Haare, benutzen eine Form von sehr hoch entwickelter Technik und unterscheiden sich auch sonst sehr von denen, die wir jetzt kennen. Unsere Freunde – die Lao Chiya – teilen sich ihre Macht untereinander. Praktisch jeder ist mal der Anführer für eine gewisse Zeit, dann gibt er die

Aufgabe wieder ab. Die weißhaarigen – die Ino Chiya – haben feste Hierarchien. Bei ihnen erkämpft man sich geradezu seinen Platz in der Rangordnung.“

„Wir hatten bereits einen kurzen Kontakt mit ihnen, bevor wir von ihnen wussten“, erzählte Naga. „Sie hatten Yarom angegriffen, den wir unterwegs getroffen hatten, zusammen mit der Jägerin Akyu. Sie haben dazu besondere Kräfte benutzt. Sie zerstörten Yaroms Fee und ihn selbst schlugen sie zu Boden, aber über eine große Reichweite hinweg.“

„Wie meine Fee auf dem Rotstein-Plateau“, fiel Ion ein.

Naga und Morafey nickten bestätigend.

„Akyu stoppte sie mutig in ihrem Angriff“, berichtete Morafey, „indem sie sich schützend vor Yarom stellte.“

Ein anerkennendes Raunen ging durch den Raum.

„Sie mögen uns zwar nicht besonders“, wusste Naga zu erzählen, „aber sie hassen offenbar unsere Technik.“

„Sie benutzen doch selber Technik, dachte ich“, warf Bero ein.

Naga machte eine Geste, mit der er andeutete, dass er keine Erklärung hatte.

„Unser Plan ist, sie zu besuchen und zu befragen“, antwortete der Jäger.

„Ich will mitkommen", meldete sich Manjaro zu Wort.

„Aber wir haben auch die Aufgabe, die Soldaten der Armee mit dem Leben auf Kumono vertraut zu machen", war Morafey ein. „Lady Karma hat uns darum gebeten."

„Das ist ganz dringend", bestätigte Ion. „Sie haben im Kampf um Geroda verheerenden Schaden angerichtet."

Die Blicke der Anwesenden verfinsterten sich.

„Zum Thema", warf Erom ein und hob seine mechanische Hand in die Luft. „Die Leute von Geroda haben ein eigenes Bild von der Situation. Es gibt einen Eintrag dazu im neu eingerichteten Kumono-Forum. Ich habe mir erlaubt, einen Link dazu an eure Computer zu schicken, damit Ihr den Eintrag selber lesen könnt."

„Was ist denn ein Link?", fragte Tessa und schaute auf ihr Handgelenk-Terminal, wie die anderen auch. „Ach so, das ist also ein Link", beantwortete sie sich selber die Frage.

*

[Kumono-Forum]

Thema: Kampf um Geroda

Was ist das für ein Anführer, der seine Leute im Stich lässt, wenn die Gefahr droht? Was ist das für ein Mediator, der lieber auf Reisen geht, anstatt sich um die Bedürfnisse der Menschen zu kümmern? Was ist das für ein Richter, der sein Dorf im Stich lässt?

Geroda wurde angegriffen. Der Angriff war hart. Der Schaden enorm. Nur die Anwesenheit der Armee konnte Schlimmeres verhindern. Die ehrwürdige Lady Karma war sofort selbstlos bereit gewesen, ihre tapferen Recken in die Schlacht zu ziehen und diejenigen zu verteidigen, die ihnen Gastfreundschaft gewährt hatte.

Dennoch konnte auch die Armee trotz intensivster Bemühungen nicht verhindern, dass die Landschaft um das Dorf herum dabei in arge Mitleidenschaft gezogen wurde. Dies ist hauptsächlich den großen Droiden zu verdanken, die Giganten genannt werden. Sie sind rücksichtslose Maschinen der Zerstörung.

Lady Karma zeigte sich über den Vorfall sehr nachsichtig und verständnisvoll, doch wir sollten darüber nachdenken, in Geroda eine neue Führung zu installieren.

Lady Karma hat erfrischend neue Ideen für eine innovative Führungs-Struktur. Sie dient dem Wohl der Gemeinschaft und der Schonung aller Ressourcen. Es geht darum, nicht mehr alles dem Glück und dem Zufall zu überlassen, sondern ganz gezielt mit Wissen und den nötigen Fähigkeiten Veränderung zu schaffen. Wir danken Lady Karma und der Armee für ihren heldenhaften Einsatz.

*

„So war das doch gar nicht", widersprach Bero entrüstet.

„Was heißt ‚innovativ'?", fragte Manjaro und blickte in der Gruppe umher. „Und ‚Recken'?"

„Wer schreibt so was?", fragte Shana entsetzt.

Der nicht anwesende Zent warf einen Blick über Ions Schulter, um mitlesen zu können. Ion runzelte die Stirn, als sein eingebildeter Begleiter einen Laut des Interesses von sich gab.

„Interessanterweise ist das nicht zurückzuverfolgen", antwortete Erom. „Der Eintrag enthält keine übliche Terminal-Signatur."

„Was heißt das?", fragte Samush verständnislos.

„Jemand wollte den Eintrag schreiben, ohne damit später persönlich in Verbindung gebracht zu werden", antwortete der Droide. „Und er besaß das technische Verständnis, um dies umzusetzen."

„Damit wollte man uns schaden", behauptete Kessaya mit finsterer Miene.

„Wie kommst Du darauf?", fragte Ion.

Hinter ihm hörte er einen Laut der Ungläubigkeit. „Selbst ein kleines Mädchen versteht das, Ion", hörte er die Stimme von Zent sagen. „Naiv sein ist das Eine, aber jetzt verhältst Du Dich dumm."

Die kleine Richterin setzte sich auf und erklärte gestenreich an die ganze Gruppe gewandt: „Ion und Bero werden hier dargestellt als diejenigen, die das Dorf im Stich gelassen haben. Die Opfer sind die ‚armen hilflosen Leute von Geroda‘.“

Bei den letzten Worten hielt sie die Arme in die Luft, wedelte mit den Händen und bog ihren Körper von einer Seite zur anderen, um die Beschreibung deutlich als Lächerlichkeit darzustellen.

Dann fuhr sie fort: „Lady Karma und ihre Armee werden hier als die Retter in der Not dargestellt.“

Bei den nächsten Worten fuhr sie immer wieder mit der Handkante auf den Tisch: „Ion und Bero tun doch nun wirklich alles in ihrer Macht stehende, um den Menschen zu helfen. Sie sind vielleicht die hilfreichsten Menschen auf diesem Planeten. Lady Karma ist neu hier und hat noch nie etwas für jemanden getan und ist jetzt plötzlich die große Heldin. Die Armee hat an einem einzigen Tag die Umgebung von Geroda zerstört und wird dargestellt als“, sie musste schlucken und darum ringen, Stimme und Fassung zu bewahren, „die großen Helden.“

Bei diesen letzten Worten warf sie die theatralisch Hände in die Luft.

Nachdenkliche Stille folgte. Nur Ion hörte den Applaus von Zent hinter sich.

Als er die Frage stellte „Wer würde uns gegen besseres Wissen absichtlich schaden wollen?“, hörte nur er das höhnische Lachen von Zent. Er vernahm sogar sein Kopfschütteln, ohne sich umzudrehen.

„In diesem Szenario kommen vor allem zwei Hauptverdächtige in Frage", schlussfolgerte Erom. „Die Gruppe von Zent oder Lady Karma und ihre Gefolgschaft."

„Aber warum -", setzte Ion ein und fasste sich an die Nasenwurzel. Er schloss die Augen und dachte nach.

„Es wird wirklich langsam lächerlich", sagte Zent verächtlich. „Bist Du wirklich so blind?"

Ion schüttelte den Kopf. Dann öffnete er wieder die Augen. Alle Blicke waren auf ihn gerichtet. Er fühlte sich unwohl. Unsicherheit mischte sich mit unendlicher Erschöpfung. Der inzwischen immer anwesende Schmerz verstärkte sich. Mit müdem Blick schaute er in die Runde.

„Wir werden gleich morgen die Asteara besuchen", wandte er sich entschlossen an Erom.

Dieser nickte.

„Wir sollten auch herausfinden, was Zents Leute derzeit planen", fuhr der Mediator fort. „Der Eiskristall-Orden."

„Das übernehme ich", meldete sich Samush motiviert.

„Ihr behaltet die Armee im Auge", richtete Ion sich an Naga und Morafey und erhielt eine bestätigende Geste. „Vielleicht können wir ihnen ja doch beibringen, wie man friedlich mit der Umwelt im Einklang leben kann."

Zent schnaubte.

„Jetzt müssen wir uns erstmal ausruhen“, sagte Shana streng, lehnte sich vor und blickte Ion dabei an. Ihre Sorge über seinen Gesundheitszustand konnte sie nicht verbergen. Dann lehnte sie sich wieder zurück, behielt Ion im Auge und legte die Hände auf den Bauch.

„Ich erkläre die Sitzung also für beendet“, schloss sie.

Alle lachten.

*

Kapitel 6: Vermächtnisse

Ion verließ das Haus, vor dem ein Baum stand. Auf diesem saßen zwei Nebelsänger und sangen gemeinsam ein leises, friedliches Lied. Der Mediator verharrte, überlegte kurz, und schließlich verbeugte er sich leicht vor den Vögeln. Dann ging er auf das Fluggerät zu, dass fast direkt vor seiner Haustür stand.

Ion betrat den Gleiter. Das Fluggerät konnte bis zu 5 Personen transportieren sowie eine gute Menge an Fracht.

„Guten Morgen, Erom", begrüßte er den Droiden, der bereits alle Vorkehrungen traf, die Maschine in den Orbit des Planeten zu fliegen, um die Asteara zu besuchen.

„Liebe und Frieden", sagte der, ohne sich dabei zu Ion umzudrehen. Er fuhr damit fort, die Geräte einzustellen. Seine Stimme klang nicht so unbeschwert und sorglos, wie Ion es von ihm gewohnt war. Es klang vielmehr ein wenig sarkastisch.

Ion schaute sich verwundert im Gleiter um, als würde er jemanden suchen. Er stellte fest, mit dem Droiden alleine an Bord zu sein. Lediglich ein großer Computer stand im Frachtraum, fast wie aus einer der gläsernen Säulen aus dem Computerraum auf Tekion.

Der Mediator setzte sich auf den zweiten Platz und schnallte sich an. Er kramte in seiner leichten

Rüstung nach einem Schmerzpflaster und brachte es auf seine Haut, nahe seines künstlichen Arms.

Der Gleiter startete.

Ion staunte immer mehr, je höher sie flogen. Er bewunderte die Landschaft, sah jedoch auch schmerzlich auf die verwüstete Umgebung um sein Dorf herum hinab. Schließlich lehnte er sich zurück und schloss die Augen.

„Die Mühe hätte ich mir ja sparen können", murmelte der Droide und klang dabei fast frustiert.

Er griff sich ins Gesicht und zog eine Art Verblendung heraus, wie eine breite Brille, auf der zwei blaue runde Lichter leuchteten. Unter dieser Verblendung ruhten ovale Augen in grüner Farbe. Die Farbe seiner Rüstung veränderte sich von einem strahlenden Blau in ein mattes Anthrazit.

„Hm?", machte Ion entspannt und drehte den Kopf zur Seite. Seite Augen weiteten sich, sein Körper spannte sich an, sein Mund klappte auf.

Arom drehte sich ihm zu und winkte fröhlich. „Hallo", sagte er. Diesmal klang sein Tonfall unbeschwert und sorglos, hatte jedoch die Klangfarbe verloren, die Erom zu eigen war. Arom sah jetzt aus und klang auch wie er selbst. „Bereit für einen kleinen Ausflug?"

„Wo ist Erom?", fragte Ion alarmiert und schaute sich aufgeregt im Gleiter um.

Arom winkte ab. „Der hat wichtige Dinge zu tun“, erklärte er. „Er ist unabdingbar für unsere Mission, und zwar dort, wo er sich befindet.“

„Warum wurde ich darüber nicht informiert?“, fragte Ion argwöhnisch und aufgebracht.

„Wurdest Du doch“, entgegnete Arom mit einer wegwerfenden Geste. „Gerade eben erst.“

„Du kannst Dich doch nicht ungefragt in unsere Angelegenheiten mischen“, fuhr Ion ihn an. „Ich brauche Erom auf dieser Reise.“

Arom seufzte und tat, als wäre er schwer beschäftigt damit, den Gleiter zu steuern.

„Erstmal bin ich ja gefragt worden“, erklärte er in einem geradezu mütterlich gutmütigen Ton, während er auf dem Terminal vor sich herumspielte. „Vor langer Zeit schon. Und weiterhin: Ich bin ein ausgezeichneter Ersatz für deinen Freund – glaub mir, ich werde Dir besser helfen können, als Du Dir das vorstellen kannst und als er das gekonnt hätte.“

Er bedachte den Mediator mit einem Seitenblick.

„Und dann glaube ich, haben wir Dank meiner Weisheit und Voraussicht eine unschätzbare Fracht an Bord, ohne welche diese Reise vollkommen wertlos gewesen wäre“, schloss er.

Ion drehte sich um und inspizierte den Computer im Frachtraum. „Und was soll das sein?“, fragte er.

„Manchmal ist es zweckdienlich, nicht alles zu wissen, ähm -", er schnipste mit den Fingern, als versuchte er, sich an etwas zu erinnern.

„Ich hab deinen Namen vergessen", sagte er schließlich mit einer Art von gespieltem Verdruss. „Ich bin nicht gut darin, mir Namen und Gesichter zu merken."

Mit einem verschwörerischen Blick, wenn ein Droide zu etwas darstellen kann, lehnte er sich zu Ion und sagte: „Und das hat einen guten Grund."

Seine Augen leuchteten.

*

Morafey und Naga fanden die Soldaten der Armee außerhalb des Dorfes vor. Sie hatten große Werkzeuge, Schwerter und Schusswaffen gezogen und schienen zum Ziel zu haben, alles zu vernichten, was sich ihnen in den Weg stellte.

„Was macht Ihr hier?", rief Naga und eilte herbei, um den General zu sprechen. Die Soldaten in der Nähe wandten sich den herannahenden Jägern zu und schienen auf Konflikt aus zu sein. Die Aggressionen lagen geradezu spürbar in der Luft.

„Wir haben unsere Aufgaben", entgegnete der General knapp und wurde von seinen Soldaten flankiert. „Auf eure Hilfe können wir von nun an verzichten."

„Ihr könnt doch nicht einfach alles zerstören", rief Morafey entsetzt und zeigte auf die verwüstete Umgebung. „Wir sind auf die Natur angewiesen!"

„Natur gibt es noch genug“, erklärte der General in einem unversöhnlichen Ton. „Hier entstehen Wohnräume. Und wir können es uns nicht leisten, täglich von irgendwelchen feindlichen Lebewesen gestochen, gebissen, vergiftet und gefressen zu werden.“

„Wohnräume?“, fragte Naga irritiert.

„Wir bauen eine komplette Stadt um Geroda herum“, antwortete der General. „Jetzt wird erst einmal eine sichere Zeit für uns anbrechen.“

Er schaute die beiden Jäger abfällig an. „Und für Euch“, fügte er hinzu.

Die Jäger machten große Augen.

„Ist das denn mit Bero abgesprochen?“, fragte Morafey.

„Mit wem?“, fragte der General im scharfen Tonfall.

„Mit dem Richter von Geroda“, erklärte Morafey ungehalten. Naga legte ihr eine Hand auf die Schulter, um sie zu beruhigen.

„Nein“, antwortete der General kühl und gab sich wenig Mühe, das aufkommende, siegessichere Lächeln zu unterdrücken. „Dies ist eine Anweisung von ganz oben!“, erklärte er.

Die Jäger sahen sich nur an.

„Ihr werdet hier nicht gebraucht", spuckte der General geradezu heraus. „Ihr macht Euch besser woanders nützlich."

Mit den Worten schien das Gespräch für ihn und seine Gefolgsleute beendet zu sein. Sie drehten sich um und machten sich wieder an ihr Werk, die Umgebung des Dorfes einzuebnen.

Naga deutete Morafey mit einer Kopfbewegung, den Ort des Geschehens zu verlassen.

Sie drehten sich um und gingen. Hinter ihnen fielen irgendwo die Worte „nutzloses Pack" und selbstgefälliges Gelächter hallte durch die Luft.

Morafey blieb stehen und ballte ihre Fäuste, aber Naga berührte sie am Rücken und bedeutete ihr sanft, weiterzugehen.

„Wir können hier und jetzt nichts ausrichten", raunte er ihr im beruhigenden Tonfall zu, „aber wir sorgen dafür, dass dies schnellstmöglich wieder aufhört."

Während sie sich von den Soldaten entfernten, benutzte Naga sein Handgelenk-Terminal, um Manjaro eine Nachricht zukommen zu lassen. Dann liefen die beiden Jäger los.

Im Dorf nahmen sie sich einen A-Roll und fuhren los. Auf Feen verzichteten sie bewusst. Mit Hilfe des Bord-Computers konnten sie frühzeitig Manjaro orten, der mit einem ELF unterwegs war, um sie abzupassen. Sie trafen sich, verstauten das Fluggerät im Fahrzeug und fuhren gemeinsam zum Rotstein-Plateau.

Dort angekommen, parkten sie das Fahrzeug geschützt unter einem Felsvorsprung und stiegen aus.

Ein paar Bäume standen in der Nähe. Silberflieger, Fadenflügler und Nebelsänger befüllten die Bäume und sorgten für eine zwitschernde Geräuschkulisse.

„Und wie finden wir nun diese Chiya?", fragte Manjaro.

„Ich denke, sie finden uns", antwortete Naga mit einem Seitenblick in die Bäume. „Aber wir können ja nach Wegen suchen, die uns nach oben führen. Ions Fee wurde ganz oben auf dem Plateau abgefangen."

„Wir müssen ganz nach oben?", stöhnte Manjaro.

„Vermutlich nicht", entgegnete Morafey, während sie kleine Taschen mit Wasser und Vorrat verteilte. „Vielleicht reicht es, das Plateau zu erreichen, auf dem wir sie das letzte Mal gesehen haben."

Sie zeigte vage über ihre Köpfe.

Manjaro blickte den Felsen hinauf. „Ich weiß", sagte er, „Fliegen ist keine gute Idee. Also fangen wir doch einfach an zu klettern, umso schneller sind wir da."

Er fand Zustimmung bei Naga und Manjaro, und so begannen sie direkt vor Ort den Aufstieg an der steilen Felswand, die talentierten Jägern genug Möglichkeiten für ein relativ sicheres Klettern bot.

Manjaro war am eifrigsten dabei und erreichte als Erster ein Plateau, auf dem man sich hätte ausruhen können. Bevor er hinauf klettern konnte, wurde ihm bereits eine Hand von oben dargeboten. Manjaro fragte sich, ob diese Hand auf schwarzem Fleisch bestand und mit einer weißen, halbtransparenten Haut überzogen war, oder ob das Fleisch weiß und mit einer schwarzen, halb durchsichtigen Haut überzogen war. Dankbar nahm er sie jedoch an und ließ sich auf die Plattform helfen.

Er schaute in ein knochiges Gesicht mit hohen Wangenknochen, dessen Haut die gleichen farblichen Effekte zeigte wie die Hände und dazu mit ein paar individuellen Flecken verziert war. Lange weiße Haare umrahmten den Kopf und wehten im Wind. Ein dunkelgrauer Anzug überdeckte den drahtigen Körper vom Hals bis zu den Füßen. Er schien aus einem Stück gemacht zu sein, auch die Schuhe waren anscheinend Teil des Anzugs. Verschiedene Taschen und Schlaufen waren Teil der Kleidung. Manjaro konnte nicht sagen, aus welchem Material der Anzug bestand. Hier und da hing ein Beutel aus Tierfell, ein Messer oder ein gebogener Dolch.

Naga und Morafey erreichten das Plateau und erhielten ebenfalls Hilfe von jeweils einem Chiya.

Schließlich standen alle drei auf dem Plateau und blickten drei weißhaarigen Chiya an. Ihre Mienen waren ernst, aber entspannt.

Sie begutachteten einander. Der in der Mitte stehende Chiya trug eine Zahnkette um den Hals und trug den auffälligsten Schmuck aus Knochen und Horn verschiedener Tiere. Damit wussten die Jäger, dass er der Anführer dieser Gruppe war.

Alle drei Chiya hoben herausfordernd das Kinn an und blickten die Besucher skeptisch an. Morafey und Naga deuteten instinktiv eine Verbeugung an, Manjaro fühlte sich etwas unsicher und tat es ihnen dann gleich.

Wortlos bedeuteten die Bewohner des Plateaus den Jägern, sich an die Felswand zu setzen. Diese folgten vertrauensvoll den stummen Anweisungen ihrer Gastgeber.

Je ein Chiya kniete sich dann vor einen Jäger. Sie bewegten sich langsam genug, um bewusst nicht aggressiv zu wirken. Einem jeden der Jäger hielten sie eine Hand auf die Stirn und schauten ihnen tief in die Augen.

Manjaro versank augenblicklich in den Augen, die ihn anschauten. Die Miene in der er blickte, zeigte ihm eine tiefe Entspannung, der er scheinbar bloß zu folgen brauchte. Er tauchte ein in eine Ruhe, wie er sie noch nie zuvor erlebt hatte. Die Zeit stand still, und der Jäger mit dem Hut konnte nicht sagen, ob ein Atemzug oder ein ganzer Tag vergangen war, als er blinzelte und wieder einen klaren Gedanken fasste.

Die Chiya nickten einander zu. „Menschen", sprach der Anführer schließlich, der Morafey die Hand auf die Stirn gelegt hatte, und fügte zur Überraschung der Jäger hinzu: „Freunde von Akyu."

„Ja", sagte Naga und nickte. „Sie war tatsächlich hier?", fragte er.

Die Chiya lächelten einander zu. „Eine mutige Kriegerin", beschrieb der Anführer die in der Ausbildung befindliche Jägerin von Tekion und fügte hinzu: „Eine Freundin der Ino."

Der Begriff Ino stand hier offensichtlich für die Ino Chiya; diejenigen, welche weiße Haare hatten.

„Was wollt ihr?", fragte er dann. Er war wieder ernst und nicht mehr so entspannt wie noch eben zuvor.

„In Frieden miteinander leben und voneinander lernen", schlug Morafey vor.

Die Chiya blickten sie finster an.

„Frieden liegt nicht in eurer Natur", sagte der Anführer ruhig, „und in unserer auch nicht.

Er machte eine Geste, die alle Anwesenden mit einschloss und sagte: „Wir kämpfen alle."

Der Ino Chiya blickte allen drei Jägern nacheinander in die Augen und überprüfte anscheinend, wie seine Worte bei ihnen ankamen.

„Wir kämpfen um unsere Stellung in unserer Gesellschaft", erklärte er und ging dabei hin und her. „Wir kämpfen mit den Tieren, die wir essen. Wir kämpfen mit uns selbst, um uns zu überwinden. Wir kämpfen um unseren Platz in der Welt. Ohne Kampf sterben wir."

Er blieb stehen und blickte die Jäger wieder mit scharfem Blick an.

„Was wollt Ihr?", fragte er eindringlich.

„Kämpfen um unseren Platz in der Welt", antwortete Manjaro mit einer plötzlichen inneren Ruhe, die er aus einer Erkenntnis gewonnen zu haben schien.

Morafey und Naga sahen ihn mit Verwunderung an, aber er zuckte nur gleichmütig die Schultern und fügte hinzu: „Und kämpfen um unsere Stellung in der Gesellschaft."

Es wirkte, als ob ihm nichts jemals offensichtlicher erschienen wäre.

Die Chiya lächelten wohlwollend.

*

Sie ließen den Himmel unter sich zurück und erschlossen eine Welt, die Ion nicht kannte. Während Arom sich nicht dafür interessierte, was durch die Fenster des Gleiters zu sehen war, schaute Ion mit großen Augen nach draußen.

Schließlich wurde die Asteara sichtbar.

Ion wurde sehr still.

„Ja, das ist wirklich ein großes Schiff", sagte der Droide nach einer Weile mit gleichgültigem Ton. „Das muss es ja auch, wenn es eine mehr als nur überlebensfähige Menge von Menschen inklusive einer möglichen Ausfallmenge sowie all deren Güter und Maschinen transportieren soll."

Die Asteara war eine fliegende Großstadt. Sie sah für Ion aus wie ein gigantisches Gebirge im Weltall, nur mit linearen Formen und mit Lichtern. Still und würdevoll lag sie da. Und je näher sie kamen, umso größer wurde sie. Durchsichtige Kuppeln wurden sichtbar, waren jedoch zu weit weg, um etwas dahinter erkennen zu können. Große und kleine Schotts waren über das ganze Schiff verteilt. Eins der kleinen öffnete sich beim Anflug. Große rote Lichter blinkten darin.

Der Gleiter flog in den dahinter liegenden Hangar und landete sanft. Das Schott schloss sich wieder.

„Hach – zu Hause ist, wo dein Herz ist", seufzte Arom in scheinbarer Versunkenheit in Erinnerungen.

Ion schaute den Droiden überrascht an. „Bist Du hier gebaut worden?", fragte er.

Arom schaute ihn nur mit leuchtenden Augen an, während er sich langsam abschnallte.

„Ich werde Dich eine Weile lang begleiten", sagte er schließlich. „Du musst erst einmal lernen, wie man sich hier zurecht findet. Später werden sich unsere Wege trennen, denn wir haben beide unterschiedliche Aufgaben hier zu erledigen. Aber wir werden in Kontakt bleiben."

Misstrauisch blickte Ion zu ihm herüber. „Vertrau mir, das wird lustig", sagte der Droide. „Überlege Dir in der Zwischenzeit, was Du eigentlich ganz genau willst, Ion", fügte er hinzu und klang dabei plötzlich ernst.

Dann ging er zum Computer, der sich im Frachtbereich befand und aktivierte etwas an ihm. Viele kleine Lichter fingen in den verschiedensten Farben an, an ihm zu blinken und zu leuchten. „Willkommen zu Hause!", rief er hinein.

Die großen roten Lichter im Hangar hatten aufgehört zu leuchten. Arom entriegelte und öffnete die Luke des Gleiters und stieg aus. Er tat so, als streckte er sich durch, während er auf Ion wartete. Dann ging er los zur nächsten Tür in der Wand.

Der Droide betätigte den Schalter neben der Tür, und sie öffnete sich. Ion folgte ihm hindurch

und blieb auf der anderen Seite stehen. Er erstarrte vor Ehrfurcht.

Große, weite Gänge und riesige, von Licht
durchflutete Plätze wirkten auf ihn ein. Hohe glä-
serne Säulen voller pflanzlichen Leben ragten hier
und da in die Luft. Transparente Kästen, angefüllt
mit Bäumen und Büschen waren auf den Plätzen
verteilt, die von den Gängen nicht klar getrennt
waren. Wände und Decken hatten sich die Erbau-
er nach Möglichkeit gespart oder durchsichtig ge-
staltet, und so konnte Ion über viele Ebenen hinweg blicken und beobachten, wie in der Entfernung Leute ihren Tätigkeiten nachgingen. Eine
sanfte Geräuschkulisse von Stimmen, Geräten und
Musik ging durch die Luft.

Die Räume und Wege waren hier nicht alle so
gradlinig, wie der Mediator dies von den Häusern
und Räumlichkeiten auf dem Planeten gewohnt
war; viele waren elegant und dynamisch ge-
schwungen. Insgesamt war es eine einladende
und warme Atmosphäre, die von dieser fliegenden
Großstadt ausging.

„Leider haben wir wenig Zeit für die Touristen-
attraktionen", informierte ihn der Droide, „deswegen werde ich Dich nur mit den zielführendsten
Örtlichkeiten vertraut machen."

Mit einer Hand deutete er die Richtung an, in
die es gehen sollte und ging dann voraus. Ion folgte ihm in einen größeren Gang, der in Ions Augen
einen anderen Begriff verdient hätte. Unter einem
Gang verstand er üblicherweise, dass zwei Menschen bequem aneinander vorbei kommen. In diesem Gang kamen zwei Trolle bequem aneinander
vorbei.

„Was sind das für Symbole?", fragte Ion und zeigte auf kleine quadratische Kästen, die langsam im sanften Rot pulsierten. Sie waren in regelmäßigen Abständen überall zu sehen.

„Notstand-Symbole", antwortete Arom. „Das heißt, es gelten besondere Regeln, die es einzuhalten gilt. Die Freiheiten sind eingeschränkt und die Befugnisse liegen verstärkt bei den Generälen und Mediatoren."

Sie entfernten sich von der Geräuschkulisse. Die Architektur war hier gradliniger und mit weniger Pflanzen angereichert. Der blau-graue Boden dämpfte ihre Schritte. Er wirkte fast wie ein Versuch, Moos zu imitieren. Die Wände waren hellgrau, gelegentlich unterbrochen von dunkelgrauen Stützbalken. In manchen dieser Balken waren Terminals eingelassen. Sie bogen in einen Gang ab, der etwas kleiner war, ansonsten aber die gleichen Farben hatte, wie der zuvor.

Sie kamen hier an einer großen Tür vorbei. Ein transparentes Schild ragte über ihr in den Gang hinein. Auf ihm war ein Symbol aus hellgrünem Licht zu sehen: Ein Kreis umschloss ein Kreuz.

„An diesem Symbol erkennst Du eine Krankenstation", sagte Arom und marschierte auf die Tür zu. Sie öffnete automatisch.

Sie betraten einen großen und gut erleuchteten Raum, der eine geschwungene Architektur aufwies. Der Boden war grün und aus dem gleichen Material wie der Boden auf dem Gang. Pflanzen standen hier in Kübeln und Töpfen herum.

Verschiedene Geräte und Bänke unterschiedlicher Größen waren über die Wände verteilt.

In der Mitte des Raumes war eine Scheibe auf dem Boden, die zwei Fingerbreit höher war als der Boden selbst. Die Scheibe war dunkelblau und halbtransparent. Ein silberner Ring umschloss sie. Sie war so groß, dass ein hochgewachsener Mensch mit ausgestreckten Armen und Beinen bequem darauf Platz gefunden hätte. Genau über ihr an der Decke war ebenfalls eine solche Scheibe eingelassen.

Zwischen den Scheiben flimmerte kurz die Luft. Plötzlich stand ein Mensch aus Licht dort: eine Frau in weißer Uniform und mit einer weißen Kopfbedeckung, auf der sich das Symbol der Krankenstation wiederfand.

„Willkommen auf der Krankenstation", sagte sie freundlich. „Wie kann ich Euch helfen?"

„Mein Freund hier", erklärte der Droide und deutete auf Ion, „braucht eine Generalüberholung."

„Sehr gerne", erklärte die Frau. Ion wusste, dass es sich bei ihr um ein Hologramm handelte. Sie stieg von der blauen Scheibe runter und deutete auf den Platz, auf dem sie eben noch gestanden hatte. „Bitte stelle Dich kurz auf den Scanner hier", sagte sie.

Ion trat langsam und skeptisch auf die Scheibe herauf.

Der Droide ging zu einem Terminal an der Wand und machte sich an ihm zu schaffen.

„Ich heiße übrigens Schwester Mira", sagte das Hologramm zu ihrem Patienten. „Wie ist dein Name?"

„Ion", sagte der Mediator.

„Freut mich, Ion", sagte Schwester Mira und lächelte. „Entspanne Dich einfach, der Scan ist sofort beendet."

Für einen Augenblick war Ion von blauem Licht umgeben.

„So, das war es auch schon", erklärte Mira. „Dein Körper hat in letzter Zeit viel ausgehalten und mitgemacht. Wir können dein Nervensystem ein wenig beruhigen, Giftstoffe ausleiten und die Prothesen neu kalibrieren. Ich würde Dir ebenfalls eine Langzeit-Therapie verordnen, die darauf ausgerichtet ist, dein Gewebe -"

„Wir nehmen das Nervensystem und die Kalibrierung", unterbrach Arom sie, ohne dabei die Augen vom Terminal zu nehmen. „Für den Rest haben wir keine Zeit. Und keine Warnhinweise, bitte."

„Also, Ion", sagte Mira, „Wir werden eine Behandlung machen, um dein Nervensystem beruhigen und eine, um deine Prothesen neu zu kalibrieren. Ist das so für Dich in Ordnung, Ion?"

„Gut", sagte Ion.

Das Hologramm schritt durch den Raum zu einer kreisrunden Öffnung in der Wand. Eine gepolsterte, weiße Bank fuhr aus ihr heraus. Mira deutete auf die Bank. „Bitte mache es Dir hier bequem, Ion", sagte sie einladend.

Mit einem Seitenblick auf Arom bewegte sich Ion zur Bank und legte sich darauf.

„Du wirst jetzt vorsichtig in die Röhre gefahren", erklärte Mira freundlich. „Das ist ganz harmlos und dient dazu, dein Nervensystem zu beruhigen."

„Prozess-Beschreibungen bitte unterlassen", seufzte Arom und hielt sich gespielt genervt eine mechanische Hand an den Kopf, „mich nervt das Gebrabbel."

*

Kapitel 8: Eiskristalle

[Kumono-Forum]

Thema: Herrschaft der Droiden über die Menschheit

In der Vergangenheit wurden gravierende Fehler gemacht und falsche Entscheidungen getroffen. Droiden bestimmen darüber, was wir dürfen und was nicht. Wer hat das entschieden?

In Verdacht steht eine ganz bestimmte Gruppe von Leuten, die ihre persönlichen Interessen über die Bedürfnisse der Gemeinschaft stellen. Die Untersuchungen laufen.

Wir fordern jedoch bereits jetzt und so schnell wie möglich die Absetzung des Richters Erom von Tekion. Es kann nicht sein, dass Maschinen über menschliche Geschicke verfügen. Menschen müssen ihr Leben selbst bestimmen können!

Für entsprechende Instruktionen, wie dieser Prozess amplifiziert werden kann, folge diesem >Link<.

*

Naga, Morafey und Manjaro saßen im A-Roll und schwiegen, tief versunken in die Erfahrungen, die sie kurz zuvor bei den Ino Chiya gemacht hatten. Naga steuerte das Fahrzeug durch die Landschaft.

Sie mussten die Ereignisse erst einmal verarbeiten. Die weißhaarigen Chiya hatten eine von der ihren komplett unterschiedliche Kultur – aber nicht nur unterschiedlich von der Kultur der Menschen, sondern auch von der Kultur der Lao Chiya; den schwarzhaarigen Chiya, mit denen Naga und Morafey bereits Kontakt gehabt hatten.

Während die Lao Chiya ein harmonisches und friedliches Leben im Einklang mit der Natur und allen Wesen darin anstrebten und dabei außergewöhnliche Fähigkeiten dafür entwickelt hatten, waren die Ino Chiya eine Gemeinschaft von Kriegern, die es als ihre Bestimmung ansahen, um ihren Platz sowohl als Volk in der Welt wie auch als einzelne Individuen in ihrer Gemeinschaft zu kämpfen und die Umgebung nach ihrem Willen zu formen. Auch sie hatten für diese Zwecke Fähigkeiten entwickelt, welche die Menschen nicht für möglich gehalten hätten.

Morafey und Naga hatten diese besonderen Fähigkeiten der Lao Chiya bereits am eigenen Körper erlebt.

Ein Arc flog über sie hinweg, ein brauner Vogel von der Größe eines Menschen und bekam für einen Augenblick die Aufmerksamkeit der Jäger. Morafey blickte dem majestätisch dahin gleitenden Vogel mit scharfem Auge nach. Langsam neigte sie den Kopf zur Seite und verharrte in der Position.

Wie in Zeitlupe wandte sie sich schließlich an den Bordcomputer des Fahrzeuges und bediente ihn eine Weile lang stumm. Dann blinzelte sie eine Weile lang.

Plötzlich durchfuhr es sie. Fast wäre sie aufgesprungen und versetzte Naga und Manjaro damit einen gehörigen Schrecken. „Da entlang", rief sie bestimmt und deutete zwischen zwei Wäldern hindurch. Dabei hätte sie Naga fast die Hand ins Gesicht geschlagen.

„Meine Güte", rief Naga aufgebracht, reagierte jedoch sofort und wendete das Fahrzeug.

Morafey setzte sich wieder und blinzelte weiter. Sie schüttelte den Kopf, um wieder zu klaren Gedanken zu finden.

„Du kannst auf Automatik schalten", sagte sie schließlich. „Ich habe unser Ziel in den Computer eingegeben."

Sie beugte sich vor und überprüfte ihre eigene Aussage. „Das hab ich tatsächlich", sagte sie dann in einem Tonfall der Verwunderung.

Naga blickte sie besorgt an. Sie blickte jedoch fest und sicher zurück. Er schaltete auf Automatik und der A-Roll übernahm die Steuerung.

„Wo fahren wir hin?", fragte Manjaro, der hinter dem Paar saß.

Morafeys Augen schauten in die Unendlichkeit. „Wir fahren kämpfen", sagte sie. „Um unseren Platz. Ich sehe es vor mir. Aber ich kann es nicht beschreiben", fügte sie hinzu.

Naga und Manjaro sahen sich an. „Ich bin bereit", sagte der kleine Jäger mit dem Hut motiviert.

Die Fahrt dauerte noch eine Weile und war ereignislos. Sie sahen unterwegs Gruppen von Schnabullen, Reptiloiden, Panzerbiestern und anderen wilden Tieren. Doch alle schienen die Jäger heute unbedingt meiden zu wollen und suchten ihr Glück in der Flucht. Naga vermutete, es läge an Morafeys Ausstrahlung. Sie war die ganze Reise über vollkommen ergriffen von Dingen, die sie vor ihren inneren Augen sah.

Das Fahrzeug fuhr in einen Wald hinein und verlangsamte seine Fahrt auf Grund der unebenen Beschaffenheit des Bodens. Vor einer natürlichen Höhle in einem Felsen kam es schließlich zum Stehen. Zwei ausgewachsene Kugelbären verließen gerade die Höhle, schauten zum Fahrzeug herüber und verließen schleunigst die Umgebung. Sie wirkten, als ahnten sie, dass es hier bald ungemütlich werden würde.

Morafey stieg aus und wartete darauf, dass die anderen beiden es ihr gleichtun würden. Sie zog Handschuhe aus ihrer Rüstung. Es waren Kampfhandschuhe mit Schock-Spitzen über den Knöcheln. Beim Zuschlagen konnten diese Spitzen eine energetische Ladung abgeben, um den getroffenen Gegner zu betäuben. Naga tat es ihr gleich. Sie blickten stumm fragend zu Manjaro hinüber.

Der kleine Jäger demonstrierte, dass er weit davon entfernt war, unbewaffnet zu sein. Überall an seiner Rüstung zog er kurz kleinere und größere Messer hervor, von denen manche zum Werfen und andere für den Nahkampf geeigneter waren. Die Augen von Morafey und Naga wurden langsam größer. Schließlich zog Manjaro noch zwei größere, gekrümmte Dolche aus den Hüften hervor, machte damit einen Doppelschlag in die Luft und steckte die Dolche wieder weg. Respekt zeigte sich auf den Gesichtern seiner Gefährten. Naga musste lächeln und schüttelte ungläubig den Kopf. Morfey nickte ihm nur zufrieden zu.

Jäger lernten in ihrer Ausbildung die Zeichensprache, die für ihren Beruf entwickelt worden war. So waren sie in der Lage, sich jederzeit stumm und schnell zu verständigen, so lange sie in Sichtweite zueinander waren.

Morafey ging voraus und deutete den anderen beiden stumm, ihr in die Höhle zu folgen. Nur wenig Licht fiel in die Höhle. Naga zog eine Lichtkugel hervor, aber Morafey hielt ihn mit einer Geste davon ab, sie zu aktivieren. Sie tänzelte in die Dunkelheit, als kenne sie den Weg. Ihre beiden Begleiter sahen sie nur schemenhaft. Ein schleifendes Geräusch entstand, dann entstand eine Öffnung in der Wand der Höhle. Ein schwach beleuchteter Gang mit einer Treppe nach unten wurde darin sichtbar.

Morafey drehte sich nicht um. Sie winkte ihre Gefährten zu sich, ohne den Gang aus den Augen zu lassen. Dann stieg sie die Treppe hinab.

Am Ende der Treppe ging der Gang weiter und führte zu einer Tür. Morafey ging zielstrebig darauf zu, aber Manjaro hielt sie am Arm fest. Sie drehte sich zu ihm um.

In der Zeichensprache fragte der Jäger mit dem Hut in etwa: „Woher kennst Du diese Umgebung?"

Morafey zuckte nur mit den Schultern, schüttelte den Kopf und deutete an, dass etwas aus der Luft in ihren Kopf gefahren sei. Manjaro drehte sich zu Naga und deutete mit einem hilflosen Achselzucken an, dass er die Jägerin nicht verstanden hatte. Naga zuckte nun seinerseits mit den Schultern und deutete an, einfach weiter zu gehen.

Sie bewegten sich zur Tür und Morafey öffnete sie leise.

Auf der anderen Seite befand sich eine große natürliche Höhle, die nur wenig bearbeitet worden war, um den Bedürfnissen seiner Bewohner gerecht zu werden. Lichtkugeln waren in die Wand eingelassen. Ein Troll stand in der Mitte der Höhle.

Auf dem Boden war mit farbigen Steinen ein Zeichen gemalt: Ein sechsarmiger Eiskristall, umgeben von einem Kreis.

Manjaro unterdrückte bei dem Anblick einen Laut der Überraschung. Er musste verlegen grinsen, als Morafey und Naga sich beide zu ihm umdrehten und ihm bedeuteten, leise zu sein.

Auf der Seite zu ihrer Rechten ging eine Tür auf. Sie hatten keine Zeit, sich zu verstecken.

„Die Vorbereitungen sind abgeschlossen", sagte eine weibliche Stimme. „Wir können jederzeit -"

Eine Frau und ein Mann betraten die Höhle und trugen jeweils eine Kiste. Sie erstarrten, als sie die Eindringlinge entdeckten. Dann ließen sie die Kisten fallen und flüchteten zurück durch die Tür, aus der sie gekommen waren. Die folgenden Geräusche dahinter ließen vermuten, dass die Tür verriegelt wurde.

Die Jäger schauten sich an. Morafey wandte sich nach links und ging weiter, als wäre überhaupt nichts passiert. Sie steuerte auf eine Tür zu und wartete auf ihre Gefährten.

Morafey öffnete die Tür. Dahinter wurde ein gut beleuchteter Raum mit glatten Wänden sichtbar, der mit Regalen und technischen Geräten eingerichtet worden war.

Im Türrahmen vor ihnen jedoch stand jemand. Es war ein Kind; ein Junge. Er reichte ihnen nur bis zur Brust. Er hatte schwarze Haare und trug eine schwarze, stabile Rüstung, die ab dem Hals abwärts den ganzen Körper bedeckte. Sie sah aus wie der Panzer eines Vila. Der Gesichtsausdruck des Jungen war finster. Was den Jägern aber das Blut in den Adern gefrieren ließ, waren seine Augen: Sie waren komplett schwarz.

Der Junge sprang Morafey an und schlug mit einer Faust zu. Die Jägerin wurde überraschend stark zurückgeworfen, ein Laut des Schmerzes entwich ihr, während sie zurücktaumelte und auf dem Rücken landete.

Geistesgegenwärtig griff Naga nach dem Jungen, der aber auch nach ihm schlug und ihn am Arm traf. Nagas Arm wurde zurückgeschleudert und der Junge sprang blitzschnell an ihm vorbei.

Manjaro hatte in dem kurzen Moment zwei Messer gezogen und warf sie nun. Er hatte gar nicht vor, zu treffen. Ein kleiner Junge war in seinem Verstand kein Ziel, das es mit Messern zu be werfen gab. Der Jäger staunte jedoch nicht schlecht darüber, dass der Junge die Messer aus der Luft fing und übermenschlich schnell eine gewisse Distanz zwischen sich und die Jäger brachte.

„Wer bist Du?", fragte Manjaro verwundert.

Der Junge zeigte ein böses Grinsen.

Morafey richtete sich langsam und stöhnend wieder auf. Naga stand bereits bei ihr und half ihr mit einem Arm auf. Sein anderer Arm hatte mit der lähmenden Wirkung einer Energieentladung zu kämpfen. Der Junge hatte offensichtlich ebenfalls Schock-Spitzen auf seinen Knöcheln.

Morafey warf einen Blick auf die Rüstung des Jungen. Das Emblem eines Mediators zierte den Brustharnisch: das Zeichen eines Eiskristalls, umgeben von einem goldenen Ring.

„Du bist der Sohn von Zent", gab Morafey noch ein wenig benommen von sich und versuchte wieder Gefühl in ihren Körper zu kriegen.

„Ich bin Dentalion", sagte der Junge und richtete sich zur vollen Größe auf. Anklagend zeigte er auf die Jäger. „Ihr seid die Mörder meines Vaters!", rief er hasserfüllt.

Er hielt die Hände vor die Brust und warf die Arme zur Seite. Peitschen rollten sich aus seinen Armen aus.

Plötzlich sprang er wild hin und her und schlug mit seinen Peitschen um sich. Schnelle Körperdrehungen brachten den nötigen Schwung in seine Waffen. Die Peitschenhiebe prasselten nur so auf

126

die Jäger ein, die erstmal gar nicht wussten, wie ihnen geschah.

Manjaro duckte sich so weit wie möglich zurück in den Türeingang, aus dem Dentalion gekommen war und warf von dort aus eine Serie von Messern. Die Rüstung des Jungen war stark genug, um die Messer einfach abprallen zu lassen. Anderen Messern wich er blitzschnell und geschickt aus.

Naga und Morafey versuchten, sich dem kleinen Kämpfer von verschiedenen Seiten aus zu nähern. Naga nahm einen Peitschenhieb ins Gesicht hin, um sich dem Jungen ausreichend nähern zu können. Dann schlug er zu. Seine Faust traf Dentalion direkt auf der Brust, die Energie seiner Schock-Spitzen entlud sich.

Dentalion warf sich zurück, landete auf seinen Händen und warf sich weiter zurück, um direkt vor dem Troll wieder auf die Füße zu kommen. Er lachte, von Nagas Angriff vollkommen unbeeindruckt.

Manjaro warf zwei größere Messer nach ihm. Dentalion fing sie nicht einfach nur auf. Er hielt sie anschließend triumphierend vor sich und zerquetschte die Messer zu unbrauchbaren Metallklumpen, die er achtlos zu beiden Seiten hinweg warf.

Die Jäger bekamen Angst.

„Wo ist Ion?", fragte Dentalion. „Hat er sich nicht her getraut?"

„Hat zu tun", sagte Manjaro, während er sich aufrichtete und seine krummen Dolche aus den Hüften zog.

„Dann bringe ich erstmal Euch um", knurrte Dentalion und griff erneut mit wilder Energie an. Erneut flogen die Peitschen durch die Luft und schlugen auf die Jäger ein.

Auch Manjaro konnte sich den Peitschenhieben nicht erwehren, jedoch wickelte sich eine der Peitschen schließlich um seinen abwehrenden Arm. Als hätte er darauf gewartet, packte er die Peitsche und riss sie zu sich.

Der Junge in der Vila-Rüstung war davon überrascht, reagierte jedoch schnell. Er sprang auf Manjaro zu und holte aus. Manjaro sah den Angriff kommen, nahm sich jedoch die Zeit, die um seinen Arm gewickelte Peitsche mit dem Dolch der anderen Hand zu durchtrennen.

Der Faustschlag traf ihn am Hals. Er flog mehrere Schritte weit und landete auf dem Boden, ohne den Aufprall abfangen zu können. Halb bewusstlos und gelähmt blieb er dort liegen. Sein Hut rollte über den Boden.

Naga und Dentalion zogen beide gleichzeitig ein Feuerrohr und zielten damit aufeinander.

Dentalion lachte.

„Ich will Ion", forderte er.

„Keine Chance", sagte der Jäger.

„Dann werdet ihr hier sterben“, erklärte der Junge in der Vila-Rüstung ungerührt.

Morafey schaute ins Nichts. „Wir sorgen dafür, dass Du deine Chance bekommen wirst“, sagte sie. Die Jägerin klang dabei, als würde sie im Schlaf sprechen. „Ich sehe es vor mir“, fuhr sie fort, „Ihr werdet Euch begegnen.“

Sie blinzelte. Sie richtete sich auf, als wäre der Kampf vorbei und man sich nun friedlich trennen würde. „Ich verspreche es Dir“, sagte sie mit klarem Blick.

Dentalion schaute sie mit seinen komplett schwarzen Augen an und schien von ihr beeindruckt zu sein. „Du meinst es ehrlich“, sagte er, als wäre er sich dieser Tatsache absolut sicher. Vielleicht sahen seine schwarzen Augen mehr, als normale menschliche Augen.

Morafey nickte.

„Dann arrangiere das“, forderte Dentalion.

Der Mediator des Eiskristall-Ordens deutete mit dem Kinn auf Manjaro, der immer noch gelähmt am Boden lag.

„Der bleibt so lange hier“, erklärte er.

„Nein“, widersprachen Morafey und Naga gleichzeitig.

„Ist gut“, stöhnte der benommene Jäger, „ich bleibe hier.“

„Ihr habt es gehört", sagte Dentalion und deutete mit dem Kopf auf den Ausgang. „Geht!"

Sie zögerten. Weiterzukämpfen könnte schwere Konsequenzen mit sich ziehen, da jetzt Schusswaffen mit im Spiel waren. Manjaro lag am Boden und stellte somit ein großes Risiko dar.

Schließlich gingen sie langsam in Richtung Ausgang. Naga hielt seine Feuerwaffe auf Dentalion gerichtet, der seinerseits den Jäger nicht aus seinem Schussfeld ließ. Siegessicher lächelte er.

Mit einem wachsenden Gefühl der Hilflosigkeit verließen Morafey und Naga die Halle durch die Tür, durch welche sie gekommen waren. Schließlich schlossen sie diese hinter sich.

Dentalion senkte die Waffe und grinste.

Samush betrat die Halle durch die gleiche Tür, durch die Zents Sohn gekommen war.

„Kümmer Dich um ihn", sagte Dentalion, ohne sich dabei zu ihm zu drehen.

Samush nickte und ging auf Manjaro zu.

„Heute machen wir wieder ein paar Tiere wild", erklärte der kleine Mediator. Er sprach mit sich selbst. „Und vielleicht wird es auch Zeit, unsere neue Zucht auszuprobieren."

*

„Ion, deine Behandlung ist abgeschlossen", verkündete Mira, das Hologramm der Krankenstation auf der Asteara. „Du kannst jederzeit wiederkommen, damit wir uns um deine vollständige Genesung kümmern können."

„Schon gut", sagte Ion. „Habt Ihr hier Schmerzpflaster?"

Nahe der Tür ging eine kleine Klappe auf. Eine kleine Packung rutschte dort hinein.

„Betäubungs-Pads sind nicht für die langfristige Anwendung gedacht", erklärte Mira in einem leicht belehrenden Tonfall.

„Ja, danke", unterbrach Arom sie, nahm das Päckchen aus der Klappe, drückte es Ion in die Hand und schob den Mediator durch die Tür hinaus, die sich automatisch öffnete. Als sie den Raum verließen, löste Mira sich auf.

Der Droide drehte Ion zu sich. „Fühlen sich deine kybernetischen Bestandteile jetzt besser an?", fragte er ihn und schaute sich sein künstliche Auge genau an, trat einen Schritt zurück und winkte dann hinein. Er wirkte zufrieden.

„Was für Bestandteile?", fragte Ion verwirrt.

„Deine Prothesen", erklärte Arom in einem Tonfall, als hätte Ion das wissen müssen. „Dein künstlicher Arm und dein künstliches Auge."

Ion zog die Augenbrauen hoch. Er bewegte den künstlichen Arm ein wenig. Er schaute sich um. „Fühlt sich alles ganz normal an", erklärte er schließlich.

„Gut", erwiderte der Droide. „Holen wir uns etwas zu essen."

Sie setzten ihren Weg durch den Gang fort.

Auf der anderen Seite des Ganges kamen sie an einer Tür vorbei, die ebenfalls mit einem durchsichtigen Schild gekennzeichnet war. Auf diesem war das Symbol eines Baumes zu sehen. Stamm und Äste waren braun, die Blätter grün.

Die Tür öffnete sich und eine Frau trat heraus, die ebenfalls schlicht in Braun und Grün gekleidet war. Ihre schwarzen, langen Haare waren zu einem Zopf geflochten.

„Hallo", begrüßte Ion sie.

Die Frau lächelte etwas verwirrt, schaute den Mediator und den Droiden neugierig an und ging in die gleiche Richtung wie sie, ohne sie weiter zu beachten. Schließlich verschwand sie durch eine andere Tür.

Ein Mann kam ihnen entgegen. Er musste ein Techniker sein, dachte sich Ion. Die Kleidung bot viele Taschen, die teilweise mit technischen Geräten ausgefüllt waren. Seine blonden Haare waren mit einem Gel nach hinten gearbeitet worden. Allerdings war es offensichtlich kein Horngel, denn die Haare bewegten sich leicht. Der Vollbart war gepflegt gestutzt.

Der Mann kam näher und blickte einfach an den beiden Besuchern vorbei.

„Hallo", sagte Ion.

Uninteressiert schaute der Mann kurz zu ihm rüber. Er machte kurz große Augen, musterte Ion von oben bis unten und nickte ihm dann knapp zu, bevor er seinen Weg fortsetzte.

Ion schaute ihm hinterher.

„Du willst hier nicht jeden anquatschen", erklärte Arom.

„Will ich nicht?", fragte Ion verwirrt.

„Das bedeutet", führte der Droide mit einer großen Geste und einem leicht genervten Tonfall aus, „dass Du nicht jeden ansprechen solltest, wenn Du keine weitere Interaktion mit den Leuten planst. Wenn man nichts miteinander zu tun hat, dann spricht man auch nicht miteinander."

„Oh", sagte Ion und dachte darüber nach.

„Dies ist praktisch eine Großstadt", erläuterte Arom weiter, diesmal in einem neutralen Tonfall. „Wenn hier jeder jeden grüßen würde, dann wäre der Tag um, bevor irgendjemand eine Arbeit ausgeführt hätte. In einer Großstadt geht es unpersönlicher zu als auf einem Dorf. Das liegt in der Natur der Sache."

„Ist das so?", hinterfragte Ion die erhaltenen Informationen.

„Ja", sagte der Droide.

Der Gang mündete nach einer Weile in ein riesiges Gebiet, welches sie schon aus der Entfernung gesehen hatten. Nach oben und nach unten erstreckten sich mehrere sichtbare Ebenen von Räumlichkeiten, die über Treppen verbunden waren. Statt undurchsichtiger Wände wurde hier viel Glas eingesetzt. Alles war hell erleuchtet und wirkte technisiert. An vielen Stellen ragten durchsichtige Schilder aus der Wand und zeigten Symbole oder Schriftzüge aus Licht. Pflanzen waren gut platziert. Eine Geräuschkulisse von Stimmen und Geräten erfüllte die Luft. Ion roch frisch zubereitete Speisen und wurde hungrig.

„Zeit für die Nahrungsbeschaffung", sagte Arom, als hätte er es geahnt. Er zeigte nach links oben, wo Ion eine Räumlichkeit erkenne konnte, in der zubereitete Speisen ausgegeben wurden. „Ich hab seit Jahren nichts mehr gegessen", behauptete der Droide und hielt sich eine Hand vor den Bauch.

Ion ging nach links auf die Treppe zu, bis er bemerkte, dass der Droide nach rechts ging. Verwundert blieb er erst stehen, dann folgte er seinem Reiseführer durch das Raumschiff.

Eine große Tür öffnete sich automatisch und Arom stellte sich in den dahinter liegenden kleinen Raum.

„Ein Transport-Raum", erkannte Ion und stellte sich neben Arom.

„Ein Fahrstuhl", sagte dieser und drückte einen Knopf.

Der Fahrstuhl fuhr hoch und öffnete zu einer anderen Seite. Ion und Arom betratet die Ebene. Von hier aus hatte man noch einen besseren Überblick über die verschiedenen, übereinander geschichteten Etagen.

„Fast wie der Turm von Tekion", staunte der Mediator.

„Aha", sagte der Droide nur im gleichgültigen Ton und ging auf die Räumlichkeit zu, in welcher es Essen gab.

Ion folgte ihm durch eine offene Glastür, die in einer Glaswand eingelassen war.

Im Inneren waren viele kleine Tische aufgestellt. An jedem Tisch standen vier Stühle. Ein paar Leute saßen hier, aßen, tranken und unterhielten sich leise.

Der Droide stellte sich vor einen Tresen aus Glas und studierte die Schrifttafeln an der Wand dahinter. Ein dünner, blasser Mann stellte sich hinter den Tresen und lächelte aufmerksam. Seine kurzen schwarzen Haare waren zum Teil unter einer kleinen orangen Kappe aus Stoff untergebracht und er trug eine orangefarbene Schürze über kurzer weißer Kleidung.

„Wir nehmen jeder einmal die normale Pizza, ein Cremetörtchen mit Himbeeren und dazu ein Funtonic", erklärte ihm Arom. „Einmal zum Mitnehmen", ergänzte er.

Der Mann hinter dem Tresen lächelte noch immer, blickte aber etwas unsicher. Er beugte sich leicht vor und fragte leise: „Ihre Transaktionskarten?"

Der Droide guckte an sich herab, dann schien er Ion von oben bis unten zu mustern. Dann lehnte er sich ebenfalls vor und raunte dem Mann zu: „Wir sind Gäste vom Planeten. Sieht man das nicht?"

Dem Mann in der Schürze fiel der Unterkiefer runter. Mit großen Augen schaute er die beiden Besucher an, Faszination lag in seinem Blick.

„Das – das tut mir leid, das hätte ich natürlich erkennen müssen", stotterte er verlegen. „Wir haben Anweisungen, unseren Gästen von Kumono unbegrenzt Kredit zu gewähren. Die Schiffskasse wird dafür aufkommen."

Nervös führte er seine beiden Hände vor dem Bauch zusammen. Es wirkte, als wolle er sich selber einen sicheren Halt vermitteln.

Langsam und verständnisvoll nickte Arom und schaute dann für einen Augenblick durch die Glasscheibe auf die vielen Ebenen. Schließlich wandte er sich wieder dem Mann hinter der Theke zu. Interessiert blickte er auf dessen Namensschild und las es vor: „Squandor"

„Nun, Squandor – wann bekommen wir dann unser Essen?", fragte er schließlich in einem Tonfall, der freundlich, aber auch leicht ungeduldig klang.

Squandors Blick fiel auf das Abzeichen des Mediators an Ions Brustharnisch. Augen und Mund wurden größer, seine Haare schienen ihm zu Berge zu stehen. Er bekam sichtlich Angst.

Ion fühlte sich dabei unwohl und warf einen Blick durch den Raum. Der eingebildete Zent saß an einem der Tische und winkte freudig herüber, während er scheinbar die Scheibe einer Regenbogenfrucht in der Hand hielt und davon abbiss. Er deutete auf den Mediator, tippte sich auf die Brust, wo Ion das Abzeichen trug und streckte dann die Faust mit aufwärts gerichtetem Daumen in die Luft.

„Sofort, selbstverständlich", rief Squandor und verbeugte sich hastig zwei Mal hintereinander, bevor er in einen Hinterraum eilte.

Zügig kam er mit einem Tablett wieder hervor, auf dem die bestellten Speisen und Getränke standen. Eine Pizza und ein Törtchen packte er schnell und geschickt in kleine durchsichtige Schachteln, welche er in einer Tüte verstaute, die er auf das Tablett legte. Einen Becher verschloss er mit einem Deckel und verstaute ihn ebenfalls in der Tüte. Er reichte das Tablett über den Tresen hinweg.

„Ich wünsche guten Appetit", sagte er überfreundlich.

„Danke", sagte Arom in einem uninteressierten Tonfall und bedachte ihn keines weiteren Blickes. Er deutete Ion, sich mit ihm an einen Tisch zu setzen. Dann schob er ihm das Tablett rüber.

Ion probierte die Pizza. „Wow", sagte er beeindruckt. Für einen Augenblick lehnte er sich zurück und entspannte sich. Er schaute umher, bestaunte die Aussicht und ließ sich nicht von der Anwesenheit Zents aus der Ruhe bringen.

Squandor begab sich in der Zwischenzeit unauffällig zu einem anderen Tisch und erklärte den dort sitzenden Personen, dass sie noch einen Augenblick auf ihre Pizza würden warten müssten.

*

Erom ging durch den Turm von Tekion. Es war ungewöhnlich still. Man hörte keine Menschen, keine Droiden und keine Maschinen arbeiten.

Eine vollkommen verhüllte Gestalt in einem dünnen, matt glänzenden, schwarzen Mantel mit einer großen, tiefen Kapuze und langen, weit geschnittenen Ärmeln betrat den Raum. Der Mantel war mit kunstvollen Mustern bestickt, die jedoch ebenfalls schwarz und somit kaum erkennbar waren. Außer, dass die Gestalt schwarze Stiefel trug, ließ sich nichts weiter über sie erkennen; der Mantel verdeckte einfach alles.

Eroms Augen fingen an zu flimmern, als ob er mit einer Überlastung zu kämpfen hätte.

Unter der Kapuze des Mantelträgers leuchteten dunkelrote Augen auf.

*

[Kumono-Form]

Thema: Hochverrat

Gerüchten zufolge wurde auf diesem Planeten eine Geheimorganisation gegründet, die zum Ziel hat, die freie Bevölkerung Kumonos zu unterwerfen. Das ist ein Frevel.

Es wird gesagt, dass diese Organisation Kenntnis von anderen Völkern, welche den Menschen nicht wohlgesonnen sind, und mit diesen zusammenarbeiten, um die Menschen zu unterwerfen. Das ist Hochverrat.

Das Team von Lady Karma untersucht diesen Vorfall gerade.

Es wird jedoch bereits jetzt deutlich, dass Mitgliedschaften in dieser diabolischen Vereinigung nicht nur in den höchsten Kreisen zu finden sind, sondern sogar von ihnen ausgehen.

Der Name dieser feindlichen Organisation ist „Orden der Sternenblume". Da sie sich selbst darüber uneinig sind, wie sie die Menschen unterwerfen wollen, hat sich inzwischen eine Splittergruppe gebildet, wie Nachforschungen ergeben haben. Die Splittergruppe heißt „Eiskristall-Orden".

Das Team von Lady Karma hat eine Gegenbewegung geschaffen, die für die Freiheit der Menschheit kämpft. Es ist der Orden des Geistesfeuers.

Jeder Mensch, der frei sein möchte, wird dazu aufgerufen, dem Orden des Geistes beizutreten. Nur so kann dauerhaft Dein Schutz gewährleistet werden.

Damit die Verbrecher schnell besiegt werden können, wird bis auf Weiteres die Kommunikation überwacht und eingeschränkt. Die Ressourcen werden ebenfalls unter die Kontrolle der Mediato-

rin Lady Karma gestellt, die derzeit höchste amtierende Herrscherin, die zur Verfügung steht.

Der Gebrauch von Fahrzeugen, Gnomen und Feen muss ab sofort beantragt werden. Alles andere wäre ein Verstoß gegen geltendes Recht.

Wir stellen die Ordnung wieder her! Sei dabei! Sei ein Teil von uns!

*

Naga und Morfey hielten vor den Toren Gerodas. Sie wurden von Soldaten abgefangen und angehalten. Das Tor öffnete sich und offenbarte weitere Soldaten, die kampfbereit heraus kamen.

Die Jäger schauten sich verwundert um und gegenseitig an.

Sie waren umzingelt.

Der General schritt auf sie zu und blieb direkt vor dem A-Roll stehen.

„Seid Ihr die Jäger Naga und Morfey?", fragte der General.

„Ja, das weißt Du doch", antwortete Morafey.

Der General zog ungerührt ein kleines tragbares Terminal aus seiner Rüstung. „Ich habe Order, Euch festzusetzen", erklärte er.

„Was hast Du?", fragte Naga.

„Ihr seid wegen Hochverrats angeklagt", erläuterte der General grimmig. „Euch wird die Beteiligung an einer kriminellen Organisation vorgeworfen sowie Kooperation mit dem Feind. Darauf steht die Todesstrafe. Steigt aus dem Fahrzeug aus und stellt Euch."

Die Soldaten griffen allesamt gleichzeitig zu ihren Schwertern.

Morafey und Naga stiegen langsam und vorsichtig mit erhobenen Händen aus dem Fahrzeug aus. Handschellen wurden ihnen angelegt und man führte sie ab.

*

[Kumono-Notruf]

Liberin wird angegriffen! Alle verfügbaren Kräfte bitte sofort nach Liberin!

Kleine, bösartige Kreaturen, wie sie noch nie gesehen wurden, greifen das Dorf an. Wir bitten um unverzügliche Unterstützung.

*

Ion war fertig mit der Pizza und nahm einen Schluck aus seinem Funtonic.

„Lecker", kommentiert er.

„Warum bist Du hier, Ion?", frage Arom wie beiläufig.

Ions Geist wurde wach bei der Frage. Oder war es das Getränk? Er schaute Arom aus den Augenwinkeln an.

„Ich muss hier etwas herausfinden", erklärte er vage.

„Und dann gehst Du wieder nach Hause und lebst dein Leben weiter", sagte der Droide, aber Ion hatte das Gefühl, dass es eine Frage war.

„Ich glaube, die Informationen werden darüber entscheiden, was ich dann mache", erläuterte Ion seine Gedanken.

„Wirklich", gab Arom von sich. Ion konnte schwer feststellen, ob das eine Frage oder eine Feststellung war.

Ion wollte sich das Cremetörtchen vornehmen, aber Arom hielt die Hand darüber.

„Du kannst das nicht essen", erklärte der Droide.

„Warum nicht?", fragte der Mediator arglos.

„Das ist verboten", sagte der Droide schlicht.

Ion schüttelte den Kopf, um Klarheit zu gewinnen. Es funktionierte nicht, er blieb verwirrt.

„Wer verbietet mir das", fragte er.

„Lady Karma", war die prompte Antwort.

Ion zog das Cremetörtchen zu sich, hob es hoch und biss demonstrativ hinein und schaute Arom dabei fest an. Der Mediator müsste lächeln. „Lecker", sagte er begeistert.

Arom lehte sich zurück und verschränkte die Arme vor der Brust. Seine Augen leuchteten.

Ion merkte, dass manche Leute an den Plätzen um ihm herum verstohlen zu ihm rüber schauten. Auch Leute, die vor der Räumlichkeit entlang liefen, schienen ihn plötzlich mit großen Augen anzuschauen.

„Du hast Dir einfach das Recht herausgenommen, das Törtchen zu essen", sagte Arom.

„Ich bin noch nicht fertig", erwiderte der Mediator und biss erneut demonstrativ in das Cremetörtchen.

„Warum ordnest Du Dich nicht dem Verbot unter?", fragte ihn Arom und beugte sich wieder vor.

Ion aß sehr bewusst. Mit wachen Augen schaute er den Droiden an, der ihm gegenüber saß. Er blickte auch kurz zu Zent rüber, der mit seiner

Frucht-Scheibe fertig war und sich ganz darauf konzentrierte, seine Finger abzulecken.

Ion nickte langsam. „Ich habe also nicht die Macht zu entscheiden, was ich essen darf. Und als Archon kann ich bestimmen, was verboten ist und was nicht. Darauf willst Du doch hinaus", sagte er.

Arom rührte sich nicht.

„Wenn ich nicht die Macht ergreife", überlegte Ion laut, „dann tut es jemand anders und ordnet womöglich Dinge an, die mir nicht gefallen werden."

Der Droide betrachtete scheinbar sehr aufmerksam die Fingerspitzen seiner mechanischen Hand.

„Damit wären wir wieder bei der Frage", schlussfolgerte der Mediator des Sternenblumen-Ordens, „wie man Archon wird."

Arom schaute unbeteiligt aus dem Fenster.

„Wie ich Archon werde", korrigierte Ion.

„Komm, wir sind hier fertig", sagte Arom mit leuchtenden Augen und stand zügig auf. „Nimm deine Tüte mit. Man erwartet von Dir, dass Du den Rest hier einfach stehen lässt."

Ion erhob sich und nahm seine Tüte auf. Verstohlene Blicke folgten ihm. Am Ausgang angekommen blickte er noch einmal zurück. Zent hob die Hand und versuchte, die Aufmerksamkeit des Mannes hinter der Theke zu bekommen, als wollte er noch etwas haben. Dieser hatte jedoch nur Augen für Ion.

Vor der Räumlichkeit hatten sich ein paar Menschen zusammengefunden und flüsterten miteinander. Sie waren Ion unsichere Blicke zu. Der folgte Arom zum Fahrstuhl. Er stieg ein und die Tür schloss sich.

„Wir erregen Aufsehen als Besucher vom Planeten", gab Ion von sich.

„Nein", antwortete Arom, ohne ihn auszuschauen. „Du erregst Aufsehen als Mediator eines Ordens."

Ion blickte auf sein Abzeichen. „Warum?", fragte er.

Arom schaute ihn an und legte den Kopf dabei leicht schief. „Du hast den gleichen Rang wie Lady Karma", erklärte er. „Die mächtigste Frau auf der Asteara. Die Frau, die hier bestimmt, die das Sagen hat. Die Frau, die darüber entscheidet", seine Augen leuchteten, „was erlaubt und was verboten ist."

Der Droide schaute wieder nach vorne an die Wand des Fahrstuhls. „Die Frau, die über Leben und Tod entscheidet", ergänzte er im beiläufigen Tonfall.

Ion machte große Augen.

„Ja ganz recht", bestätigte der Droide. „Sie lässt Menschen töten, die in einem erheblichen Ausmaß gegen die Regeln verstoßen."

Ion schluckte. Er fasste sich an sein Abzeichen.

„Wir gehen jetzt erst einmal nach Hause tele-
fonieren", erklärte Arom mit gekrümmten, erhobenem Zeigefinger, als sich die Tür öffnete. Ion verstand die Geste nicht, fragte aber auch nicht
nach.

Ein schlichter Gang in Blau eröffnete sich ihnen. Boden und Decke waren überzogen von einem weichen Material, auf dem die Schritte noch
besser gedämpft wurden als auf dem moos-ähnli-
chen Material. Ein Gitter von hellblauen Streifen
auf dunkelblauem Hintergrund gab dem Material
eine visuelle Struktur. In regelmäßigen Abständen
waren auch hier dunkelgraue stützende Säulen in
die Wand eingelassen, an denen Pflanzen in Töpfen aufgestellt waren.

Sie marschierten los. Gleich an der nächsten
Tür machte Arom halt. Auch über dieser Tür ragte
ein durchsichtiges Schild in den Gang. Das Symbol
darauf zeigte hellblaue Wellen, die sich konzen-
trisch ausbreiteten.

Die Tür öffnete sich und ein Techniker kam
heraus. Er blieb stehen, schaute überrascht und
musterte die beiden Fremden skeptisch. Er zog
die Augenbrauen runter und öffnete den Mund,
dem Gesichtsausdruck nach, um seinem Ärger
Ausdruck zu verleihen.

Das Abzeichen des Mediators fiel ihm ins Auge.
Die Augenbrauen rutschten wieder nach oben, der
Mund klappte zu. Plötzlich vermied der Techniker
jeden Augenkontakt, drängte sich geduckt zwischen dem Droiden und den Mediator durch und
machte sich auf den Weg zum Fahrstuhl. Dabei

beschleunigte er seinen Gang. Ion schaute ihm hinterher. Der Techniker blickte sich noch einmal mit ängstlichem Blick um, bemerkte Ions Blick und drehte sich schleunigst wieder nach vorne. Dann verschwand er im Fahrstuhl.

Arom und Ion betraten den Kommunikationsraum. Verschiedene Geräte waren hier für die Kommunikation untergebracht. Computer, Mikrophone, Kopfhörer, Terminals und Bildschirme füllten den Raum aus.

Arom setzte sich vor einen Bildschirm und begann damit, verschiedene Geräte zu bedienen.

„Setz Dich neben mich", forderte er Ion auf, ohne den Blick auf ihn zu richten. Ion setzte sich neben ihn. Auf dem Bildschirm vor ihm wurde ein Punkt sichtbar, der zu einem Kreis anwuchs und schließlich so groß wurde, dass er auf dem Bildschirm nicht mehr angezeigt wurde. Ein neuer Punkt entstand und das Spiel wiederholte sich ein paar Male.

Er nutzte die Gelegenheit, sich zwei Schmerzpflaster auf die Haut zu kleben.

Schließlich wurde Bero auf dem Gerät sichtbar. „Ion", rief er. „Wo bist Du?"

Der Richter von Geroda war im Freien. Hinter ihm schauten die Giganten über seine Schulter und blickten den Mediator ebenfalls an. Sie winkten und redeten dann miteinander. Ion verstand nicht, was sie sagten.

„Ich bin auf der Asteara", antwortete er.

„Das ist schlecht", antwortete Bero. „Liberin wird angegriffen. Wir sind mitten in der Verteidigung."

Ions Gesichtsausdruck wurde sorgenvoll.

„Aber hör zu, Ion", rief Bero und schaute sich gehetzt um. „Hier unten läuft alles drunter und drüber. Die Armee übernimmt hier die Kontrolle und Lady Karma bestimmt hier, was erlaubt ist und was nicht."

Ion schlug mit der Faust auf den Tisch vor sich und schaute mit ungläubigem Blick zu Arom rüber. Der schaute gleichmütig zurück und kratzte sich im Gesicht.

„Ist Erom bei Dir?", fragte Bero.

„Nein, Arom", antwortete Ion und winkte bei dessen erstauntem Gesichtsausdruck ab. „Lange Geschichte, erzähl ich Dir später", sagte er.

„Ion", rief Bero und schaute den Giganten hinterher, die sich zügig von ihm entfernten, „Die Armee hat Morafey und Naga gefangen genommen und halten sie fest!"

„Was?!", rief Ion in den Bildschirm.

„Sie behaupten, sie wären Teil einer Geheimorganisation und wollten die Menschheit unterwerfen", erläuterte Bero im aggressiven Tonfall. „Ion, sie sprechen von Todesstrafe!", rief er dann.

„Das glaub ich nicht", rief Ion verzweifelt. „Bero, ich weiß nicht einmal genau, was – aber ich muss hier auf der Asteara etwas herausfinden oder machen, dass mir helfen wird, die Dinge wieder in Ordnung zu bringen. Ich komme so schnell wie ich kann wieder!"

Bero nickte. Er öffnete den Mund, um etwas zu sagen.

Dann verschwamm das Bild. Plötzlich zeigte der Bildschirm einen Raum, der mit technischen Geräten ausgefüllt war.

Ein Junge schaute aus dem Bildschirm heraus, die Augen komplett schwarz. Ion kannte ihn. Die Haare standen ihm zu Berge. Hinter dem Jungen war für einen Augenblick Samush zu sehen, der Richter von Feuertal. Er wirkte, als wollte er nicht gesehen werden. Er verschwand sofort aus dem Bild.

„Ion", sagte der Junge mit hasserfüllter Stimme. „Ich bin Dentalion. Ich bin der Mediator des Eiskristall-Ordens. Ich verlange, dass wir uns treffen. Ich verlange Gerechtigkeit. Weigerst Du Dich, dann sterben Menschen. Als erstes der Jäger mit dem Hut. Er befindet sich in meiner Gewalt."

Ion kniff die Lippen zusammen. „Ich verstehe", antwortete Ion. „Ich muss hier erst was erledigen, dann können wir uns treffen."

„Nein", schrie der Junge und packte das Gerät, über das er kommunizierte. Die Übertragung litt darunter. „Wir treffen uns jetzt sofort", zischte er.

„Ich bin gerade auf der Asteara, wenn Du mich sofort treffen willst, dann komm hierher", sagte Ion gestresst.

Arom schaltete das Gerät aus. „Perfekt", sagte er und stand auf.

Ion schaute ihn verwirrt an, aber der Droide ignorierte das. „Wir müssen jetzt gehen", sagte er. „Die Zeit wird knapp."

Ion folgte ihm aus dem Raum heraus und schaute dabei auf sein Handgelenk-Terminal. „Frevel", sprach er ein ihm unbekanntes Wort aus und blieb im Gang plötzlich stehen. „Das sind alles Lügen, und sie werden ganz gezielt verbreitet, um uns zu schaden", sagte er und zeigte auf das Gerät an seinem Handgelenk. „Die Worte, die hier benutzt werden, werden auf dem Planeten so gar nicht gesprochen. Also kommen diese Texte von hier, von der Asteara."

Er verharrte einen Augenblick. „Oder von Menschen auf dem Planeten, die von der Asteara kommen", fügte er hinzu.

Arom ging einfach weiter. Ohne sich umzudrehen fragte er: „Und was gedenkst Du dagegen zu tun, Mediator?"

Ion schaute hoch. „Du kennst sehr wohl meinen Namen und mein Gesicht", rief er und lief dem Droiden hinterher. „Du lügst auch", beschuldigte er seinen Führer durch das Schiff.

„Manchmal muss man das", sagte Arom gleichmütig, wieder ohne dabei Ion anzuschauen.

„Muss man nicht", behauptete Ion.

Der Gang gabelte sich nach links und nach rechts. Von links näherten sich Menschen. Sie

zeigten auf die beiden Besucher und beschleunig-
ten ihren Gang.

„Hier entlang“, sagte Arom und ging nach
rechts und beschleunigte seinen Gang. Nach ein
paar Augenblicken kamen von vorne Menschen.
Von hinten näherten sich die anderen.

Sie standen an einer Tür. Arom drückte den
Schalter und öffnete diese damit. Er zog Ion hinein
und schloss die Tür von innen. „Kein Schloss“,
kommentierte er und schaute sich um.

Es war ein Lagerraum. Er war größtenteils leer.
Nur ein paar Kisten standen hier. Entschlossen
nahm der Droide eine der Kisten und schob sie in
die Mitte des Raumes. „Hier“, sagte er, „stell Dich
da rauf.“

„Was?“, fragte Ion verwirrt.

Der Droide klopfte mit der flachen Hand auf die
Kiste. „Rauf stellen“, sagte er in einem Tonfall, der
andeutete, dass dies eine vollkommen natürliche
Sache war. Gleichzeitig lag ein gewisser Befehls-
ton in seiner Stimme.

Als der Raum sich mit Leuten füllte, stand Ion
auf der Kiste und fühlte sich dort vollkommen fehl
am Platz.

Mit einer abwehrenden Geste versuchte Arom,
die Leute auf Abstand zu halten.

„Also, ich“, fing er an, „bin nicht der Droide,
den Ihr sucht!“

Dann zeigte er mit beiden Händen auf Ion. „Er jedoch", sagte er und machte eine Pause. Die Blicke der Leute richteten sich auf ihn.

„Nun, Mediator", sagte Arom und betonte das letzte Wort besonders, während er weiterhin in die Menschenmenge schaute.

„Dann walte doch endlich mal deines Amtes", forderte er. „Die Wahrheit, bitte!"

Ion spürte, wie ihm das Blut ins Gesicht schoss. Auch der eingebildete Zent war unter den Leuten. Der Mediator ignorierte ihn und blickte in die Augen der tatsächlich anwesenden Menschen.

Er kannte diesen Blick. Er musste selber so ausgesehen haben, während er mit Lady Karma gesprochen hatte.

Er entspannte sich. Er konzentrierte sich. Er richtete sich auf.

Mit einem Mal war er ein anderer Mensch.

„Hallo. Ich komme vom Planeten. Ich bin Mediator Ion", stellte er sich vor, seine Stimme fest und sicher.

„Welchem Orden gehörst Du an?", fragte eine Stimme aus der Menge.

„Vom Sternenblumen-Orden", antwortete Ion und erzeugte damit ein Raunen in der Menge.

„Ist der Orden nicht bedeutungslos?", fragte eine andere Stimme aus der Menge der Leute.

„Der Sternenblumen-Orden ist der bedeutendste Orden auf dem Planeten“, entgegnete Ion und entspannte sich. Er hatte das Gefühl, dass er die Wahrheit sagte und dass es gut lief.

„Warum bist Du hier?“, fragte wieder eine Stimme.

Ion zögerte. Sein Blick ging kurz in die Ferne, dann wurde er umso schärfer.

„Ich bin hier, um eine neue Zeit für uns alle einzuleiten“, verkündete er, und seine Stimme wurde dabei lauter und wirkte bedeutungsvoller. „Ich möchte, dass es zu einer erfolgreichen Zusammenarbeit kommt zwischen der Asteara und dem Planeten. Ich möchte, dass wir gemeinsam an einer besseren Zukunft arbeiten. Ich möchte, dass unser aller Leben verbessert wird, sicherer und angenehmer.“

Er wunderte sich über sich selbst. Er hatte das Gefühl, überhaupt nichts gesagt zu haben. Er errötete wieder und sank ein Stück weit in sich zusammen.

Er sah wieder in die Augen der Leute und sah dort Leid. Er sah aber auch eine starke aufkeimende Hoffnung. Er sah, wie sich vor ihm Geschichte formte.

Er richtete sich wieder auf und lächelte aufmunternd in die Menge. Die Menge schien zurück zu lächeln.

„Wie denn?“, fragten Stimmen hier und da.

„Ich habe gehört, dass hier die Ressourcen be-
schränkt werden und man hier Essen mit Transaktionskarten bezahlen muss", fuhr Mediator Ion
fort. Er wusste nicht genau, wie das mit den
Transaktionskarten funktionierte, aber niemand
widersprach ihm.

„Auf dem Planeten bekommt jeder so viel Essen wie er will", erklärte er. Ein Raunen ging
durch die Menge.

„Jeder darf jederzeit alle Geräte benutzen, die
zur Verfügung stehen", fügte er hinzu. Die Menge
wurde lauter.

Ion dachte an den Hammer aus dem Raum des
Sternenblumen-Ordens. Er machte eine beschwichtigende Geste. Die Menge verstummte.

„Und wie willst Du das erreichen?", fragte Zent
neugierig von hinten.

„Ich bin hier, um Archon zu werden", antwortete ihm Ion.

Verständnislosigkeit zeigte sich in den Augen
der Menge. Ion hatte das Gefühl, dass der besondere Blick, den er sich in ihren Augen wünschte,
schwand.

„Was soll das denn sein?", lachte Zent und
sprach damit wohl die Gedanken der Anwesenden
aus.

„Ein Archon steht noch über den Mediatoren",
beeilte er sich zu erklären, „und es gibt immer nur
einen."

Zweifel zeigte sich in der Menge. Die Leute wurden unruhig und fingen an, sich von ihm abzuwenden.

Ion spürte, dass ihm die Situation entglitt. Er schlug mit der Faust in die offene Hand.

„Lady Karma hat Euch diese Information vorenthalten, habe ich Recht?", rief er.

Misstrauen mischte sich mit dem besonderen Blick.

„Ich habt so Recht, misstrauisch zu sein", erklärte Ion mit Enthusiasmus in der Stimme. „Ihr wurdet so lange belogen und beeinflusst, damit Ihr bloß das tut, was man von Euch wollte."

Damit fühlten sich die Leute bestätigt. Der magische Blick war wieder voll da. Jemand nickte.

„Auf dem Planeten kann sich jeder aussuchen, welcher Tätigkeit er nachgeht", erklärte der Mediator und erntete dafür Erstaunen und Bewunderung. Er strich ganz bewusst über sein Abzeichen.

„Ich möchte, dass jeder von Euch", sagte er und zeigte auf die Menschen vor sich, „tun und lassen kann, was er möchte und dabei alles bekommt, was er braucht."

Die Menge applaudierte mit großen Augen und offenen Mündern.

„Ich werde die Orden unter mir vereinen", versprach Ion, „und unter ihnen für Gleichgewicht und Frieden sorgen. Wir werden alle zusammenarbeiten, um eine bessere Welt zu erschaffen. Weil es das ist, was uns Menschen ausmacht."

Die Leute waren außer sich.

Die Tür öffnete sich und ein General kam herein, was dem Rang eines Richters auf dem Planeten entsprach. Er war groß und stämmig, sein eckiges Gesicht wurde von braunen buschigen Haaren, einem Vollbart und dicken Augenbrauen betont.

Einen Augenblick lang lag Angst in der Luft und die Menge verstummte.

Der General schaute zu Ion und Arom rüber. „Wer seid Ihr?", fragte er streng.

Ion hob das Kinn. „Ich bin Ion, Mediator des Sternenblumen-Ordens vom Planeten Kumono!", erwiderte er im gleichen Tonfall und tippte auf sein Abzeichen.

„Du wirst uns jetzt zur Kontroll-Ebene begleiten", sagte Arom.

Der General schnaubte. „Den Teufel nochmal", sagte er und zog Handschellen aus seinem Gürtel.

Die Menge stellte sich ihm entgegen.

„Gut gemacht, Mediator", lobte der Droide Ion leise.

„Was sollten wir mit ihm machen?", kam die Frage aus der Menge.

Ion überlegte.

Wenige Augenblicke später eilten Ion und Arom durch den Gang.

„Das war anstrengend gewesen", sagte der Mediator und zog zwei Schmerzpflaster hervor.

„Da hast Du Dir eine schöne Rede ausgedacht", lobte Arom ein weiteres Mal.

„Ich hab ja hauptsächlich nur die Fragen der Leute beantwortet", wies Ion das Lob zurück.

„Was denn für Fragen? Es hat niemand Fragen gestellt", meinte der Droide.

Ion zögerte und schaute auf die Schmerzpflaster in seiner Hand. Dann schob er sie sich unter die Rüstung.

„Ob die Leute gut auf den Richter aufpassen werden?", fragte Ion.

„Sie werden genau das tun, was Du ihnen gesagt hast", entgegnete Arom, „Sie fressen Dir aus der Hand. Sie werden den General mit seinen eigenen Handschellen gefesselt im Lagerraum liegen lassen. Ich weiß nur nicht, ob sie sich später an ihn erinnern werden, um ihn zu befreien. Aber darum werde ich mich schon kümmern."

Sie kamen an einen Fahrstuhl, stiegen ein und fuhren auf eine andere Ebene.

Als die Tür des Fahrstuhls sich wieder öffnete, offenbarte sich ein kurzer Gang vor ihnen. Der Boden war aus Metall: Ein Metallgitter zog sich über einen Metallboden.

Eilig durchquerten sie den Gang, der an einer dicken Tür endete, die teilweise aus Glas und teilweise aus Metall bestand. Ein rotes Licht leuchtete über ihr, und ein Terminal war in die Wand neben ihr eingelassen.

Ion schaute durch das Glas. Der schlecht beleuchtete Raum war ausgestattet mit Computern, wie er sie von dem Computerraum auf Tekion kannte. Ein Terminal-Arbeitsplatz mit mehreren Bildschirmen war dazwischen zu sehen.

Arom machte sich in der Zwischenzeit an dem Terminal zu schaffen.

Ein lautes Geräusch schallte durch den Gang: Metall schlug auf Metall.

„Was ist das?", fragte Ion und drehte sich um.

Ein Roboter war vor dem Fahrstuhl aus der Decke gefallen und richtete sich jetzt auf. Er hatte einen breiten Brustkorb und dicke Arme. Am Ende seiner Arme hatte er Werkzeuge, die mehr an Scheren erinnerten als an Hände. Alles an ihm war eckig, und als sei dies dem Entwickler nicht genug gewesen, wies er am ganzen Körper Zacken und Dornen auf. Sein künstliches Metall-Gesicht sah aus, als ob er Lust hatte, Dinge kaputt zu machen.

„Sicherheitspersonal", antwortete Arom konzentriert. Er war weiterhin mit dem Terminal beschäftigt und schaute sich den Sicherheits-Roboter gar nicht an.

Ion kniff die Augen zusammen. „Was macht er da?", fragte er ungläubig.

Arom blickte nun doch kurz zum Roboter rüber. Dieser stand mit den Beinen fest auf dem Boden, an seiner Hüfte drehte er sich jedoch einmal komplett um sich selbst. Dabei schwang er die Arme um sich herum, als wollte er demonstrieren, dass er sich jede juckende Stelle am Rücken kratzen konnte, ohne einen Stock dafür zu brauchen. Seine rot glühenden Augen flackerten dabei.

„Prahlen", antwortete Arom, „seine tödliche Macht demonstrieren".

„Das ist ja schrecklich", rief Ion.

„Nein", entgegnete Arom, „das spielt uns voll in die Hände. Ion! Egal, was jetzt passiert, wir bleiben in Kontakt. Versprochen."

Das rote Licht über der Tür wechselte seine Farbe auf Grün. Zischend öffnete sich die Tür. Der Sicherheitsroboter begab sich in die Hocke.

„Was?", fragte Ion noch verwundert, als der Droide ihn durch die Türöffnung hindurch stieß. Das Licht in dem Raum ging an.

Der Roboter stürmte in ihre Richtung. Das Gitter am Boden gab ihm den nötigen Halt.

Die Tür schloss sich wieder und das Licht wechselte wieder auf Rot. Blitzschnell hatte der Roboter Arom erreicht und schlug ihm die Scherenhände in den Körper.

Ion schlug von der anderen Seite der Tür aus die Fäuste gegen das dicke Glas und schrie Aroms

Namen, doch es drang kein Geräusch von ihm hindurch.

Der Droide schaffte es gerade noch, in der Sprache der Jäger das Zeichen für „alles in Ordnung" zu machen, bevor der Sicherheits-Roboter ihn mit tödlicher Präzision auseinander nahm und in kürzester Zeit in wertlose Klumpen zerstörter Technik zu verwandeln.

Ion beobachtete gelähmt, wie er anschließend zum Fahrstuhl zurückkehrte und dort in die Decke sprang. Dort war er dann nicht mehr zu sehen.

Eine Weile lang blieb der Mediator an der Sicherheitstür stehen und versuchte, das gerade Erlebte zu verarbeiten.

Schließlich wurde er schwach und musste sich setzen. Er schaffte es zum Terminal-Arbeitsplatz, ließ sich dort in den Sessel fallen und schloss die Augen. So blieb er eine Weile sitzen.

„Egal, was jetzt passiert", wiederholte er Aroms Worte und starrte vor sich hin. „Ich bleibe immer in deiner Nähe. Versprochen", sagte er und dachte nach.

Er nickte. „Gut", sagte er und fand seine Entschlossenheit wieder. „Ob das eine Lüge war oder nicht, ich glaube es erst einmal. Denn dadurch verhalte ich mich wahrscheinlich so, wie es dein Plan vorsieht."

Er zog sich noch ein Schmerzpflaster raus und presste es auf die Haut. Dann schaltete er den Computer vor sich an. Ein rotes Kreuz erschien links oben in seinem Sichtfeld, aber es war nicht auf dem Bildschirm vor sich. Es schien mitten in der Luft zu schweben.

Ion versuchte, es mit der Hand aus der Luft zu wischen, aber es blieb. Er drehte den Kopf und stellte fest, dass sich das Kreuz mit seinem Blick mit drehte.

Er nickte resignierend und machte eine kurze Geste der Hilflosigkeit.

Vor sich auf dem Terminal entstand ein Hologramm. Das Holo-Wesen Neo Kitty erschien vor ihm, öffnete zur Begrüßung den Mund, schloss ihn wieder und leckte sich die Vorderpfote.

„Was machst Du denn hier, Neo Kitty?", fragte Ion. Wie erwartet bekam er keine Antwort, und so machte er sich daran, den Terminal zu bedienen.

Im Gang hinter ihm räumte ein Gnom die Überreste von Arom weg, aber das bemerkte der Mediator nicht.

„Mal schauen, was wir hier so finden", sagte er.

Er fand die Kontrollen über das Schiff und ging die verschiedenen Funktionen durch. Viele Einstellungen waren mit einem roten Kreuz markiert. Sie ließen sich nicht verändern.

Ion stellte fest, dass es sich hierbei um das gleiche rote Kreuz handelte, wie er vor Augen hatte.

*

Kapitel 11: Freund und Feind

[Kumono-Forum]

Thema: Tekion ist befreit

Der Turm von Tekion ist jetzt in der Hand der Armee. Das ist eine gute Nachricht. Es hat sich herausgestellt, dass der Droide Erom Teil der Geheimorganisation war, die zum Ziel hatte, die Menschheit zu unterwerfen: der Orden der Sternenblume!

Der Droide ist flüchtig. Wer ihn zu Gesicht bekommt, hat ihn bei der Armee zu melden. Hinweise, die zu seiner Festsetzung führen, werden großzügig entlohnt.

*

[Kumono-Forum]

Thema: Liberin ist gefallen

Das Dorf Liberin wurde Opfer eines Angriffs feindlicher Kreaturen. Augenzeugen nennen die Kreaturen Mini-Vila. Dies ist das Resultat eines heimtückischen Planes des Eiskristall-Ordens, einer Splittergruppe des Sternenblumen-Ordens. Alle Mitglieder dieser Orden stehen unter Generalverdacht des Hochverrats und werden unerbittlich verfolgt werden!

*

[Kumono-Forum]

Thema: Krieg mit feindlicher Spezies

Lange Zeit hat der Sternenblumen-Orden geheim gehalten, dass es eine weitere Spezies auf Kumono gibt. Diese Dämonen haben den Plan unterstützt, die Menschheit zu unterwerfen. Ab sofort stehen wir mit dieser Spezies im Krieg. Jeder, der mit diesen Wesen in Kontakt steht, steht automatisch unter Generalverdacht des Hochverrats!

*

Verzweifelt schüttelte Ion den Kopf, als er all die Nachrichten im Kumono-Forum las. Ein weiteres Hologramm entstand neben Neo Kitty. Es war das Holo-Wesen Neo Bunny. Es schaute Ion fragend an.

„Wollt Ihr mir etwas sagen?", fragte Ion, erhielt aber keine Antwort. Er arbeitete sich weiter durch das System.

Ihm fiel der Name auf, den das Betriebssystem des Raumschiffes hatte. „AMEM", sprach er aus. „So wie EMEM auf Tekion."

„Herzlich Willkommen. Was ist dein Anliegen?", fragte eine Stimme.

Vor Ion hinter seinem Bildschirm entstand das Hologramm einer Person. Vielmehr sah sie aus wie ein Droide; wie ein weiblicher Droide, und Ion hatte das Gefühl, diese Gestalt zu kennen.

„Zurom?", fragte er. Die Gestalt sah aus wie der einzige Droide des Planeten Kumono, der eine weibliche Form hatte, wenn auch ein paar wenige Details anders waren und vor allem diese Licht-Gestalt nicht rot, sondern hellblau erschien.

„Ich bin AMEM, das Betriebssystem der Asteara", erwiderte das Hologramm. Die Stimme kam eigentlich aus Lautsprechern hinter dem Hologramm des Systems.

„Ich bin Ion", stellte Ion sich vor. „Ich bin Mediator des Sternenblumen-Ordens."

„Dein Abzeichen weist Dich aus und bestätigt deine Aussage", entgegnete AMEM.

„Was soll ich jetzt mit Dir reden?", überlegte Ion laut.

„Es ist deine Entscheidung", antwortete die holographische Darstellung des Betriebssystems, „ob Du mit mir sprichst, oder deine Anweisungen über ein Terminal eingibst."

„Aber Dir kann ich auch Fragen stellen", überlegte Ion weiter.

„Korrekt", antwortete AMEM schlicht.

Neo Puppy wurde sichtbar und gesellte sich zu den beiden anderen bereits anwesenden Hologrammen auf dem Terminal. Es repräsentierte ein Hundewelpen, wie es nur auf der Erde zu finden war, da es weder auf der Asteara noch auf Kumono Hunde gab.

„Warum sind hier verschiedene Funktionen nicht anwählbar?", fragte der Mediator.

„Das hat verschiedene Ursachen", fing das System des Schiffes an zu erklären. „Manche Funktionen widersprechen einander und lassen sich nicht gleichzeitig ausführen. Andere Funktionen sind von höchster Stelle gesichert worden. Weitere Funktionen sind auf Mediatoren-Ebene gesichert worden. Weitere Funktionen sind auf Generals-Ebene gesichert worden."

„Von höchster Stelle", murmelte Ion und spannte sich an.

„Wo ist der Archon?", fragte der Mediator des Sternenblumen-Ordens.

„Das Amt des Archon ist zur Zeit nicht besetzt", antwortete das Hologramm.

„Wie werde ich Archon?", fragte Ion.

„Der Archon wird von mindestens drei der vier Mediatoren gewählt", erwiderte die Licht-Gestalt.

Neo Dillo erschien auf dem Terminal. Damit waren alle Holo-Wesen hier.

Ion lehnte sich zurück und schloss die Augen. Er bedeckte sein Gesicht mit den Händen.

„Das ist unmöglich", flüsterte er kopfschüttelnd.

Dann beugte er sich wieder vor. „Sagtest Du vier Mediatoren? Welche Orden sind das?"

Das Hologramm antwortete: „Es sind die Orden des Geistesfeuers, des Erdherzens, des Eiskristalls und der Sternenblume."

„Wo ist denn der Mediator des Erherzen-Ordens?", fragte Ion aufgeregt.

Die kleinen Holo-Wesen vor ihm schienen sich gegenseitig anzuschauen.

„Auf dem Deck der Wiederaufbereitung", kam die Antwort.

„Wie komme ich auf dem schnellsten Weg dorthin?"

*

Die Maschinen der Wiederaufbereitungsanlagen sorgten für eine monotone Geräuschkulisse.

Zosoniak ging hier seiner monotonen Tätigkeit nach: Er überprüfte die Werte der Wiederaufbereitungsanlage für kleine Werkzeuge. Sie befanden sich innerhalb ihrer normalen Toleranzwerte. Dann lief er zur Wiederaufbereitungsanlage für Geschirr und Besteck und überprüfte dort die Werte der Anlagen. Sie befanden sich ebenfalls innerhalb ihrer normalen Toleranzwerte. Dann lief er zur Wiederaufbereitungsanlage für Wäsche. Auch sie befanden sich innerhalb der normalen Toleranzwerte.

Hinter ihm öffnete sich ein Transport-Rohr. Zosoniak drehte sich nicht sofort um. Es war ein völlig normaler Vorgang, dass Transport-Eier durch die Rohe auf das Wiederaufbereitungsdeck geschickt wurden. Sie enthielten für gewöhnlich Material, dass wiederaufbereitet werden sollte und statt von Maschinen per Hand von Menschen auf das Deck geschickt worden waren.

Das Ei landete in einem dafür vorgesehenen Auffangkorb. Die zwei Schalen des Eies wurden von innen auseinander gedrückt und Ion stieg heraus. Er stolperte, fing sich wieder auf und versuchte sich zu ordnen.

„Was für eine wilde Fahrt", sagte er noch ganz benommen.

Zosoniak drehte sich um. Ihm fiel der Unterkiefer herunter und seine Augenbrauen stiegen hoch.

Ion stand vor einem leicht gebeugten Mann mit kurzen grauen Haaren und einem in Falten gelegtes Gesicht. Seine Kleidung war sauber, aber wirkte abgetragen.

Zosoniak zeigte mit dem Finger auf das Transport-Rohr. „Dafür sind die eigentlich nicht gedacht", sagte er in einem aufklärenden Tonfall, ohne dabei tadelnd zu klingen.

Er musterte Ion. Sein Unterkiefer verlor ein weiteres Stück an Halt und seine Augenbrauen erreichten ihr oberes Limit, als sein Blick auf das Abzeichen an Ions Brust fiel. Ion sah seinerseits das Abzeichen des Mediators an Zosoniaks Brust.

„Hallo, ich bin Ion", sagte Ion. „Ich bin Mediator des Sternenblumen-Ordens auf dem Planeten. Wir müssen reden. Es geht um die Zukunft der Menschheit."

Zosoniak blickte ihn mit leerem Blick an. Dann schluckte er langsam. „Starker Auftritt", gab er schließlich beeindruckt von sich, „ich bin Zosoniak."

Er deutete auf die Wiederaufbereitungsanlagen um sich herum. „Was soll ich denn tun können für die Zukunft der Menschheit", meinte er. Es klang nicht nach einer Frage.

„Können wir irgendwo reden, wo es etwas ruhiger ist?", fragte Ion.

Einen Augenblick später saßen sie an einem Tisch eines kleinen, tristen Nebenraumes, in dem die Geräusche der Wiederaufbereitungsanlagen kaum zu hören waren.

Ion zog eine Tüte hervor und holte den Inhalt heraus. „Pizza?", fragte er, „Törtchen? Funtonic?"

Zosoniak sah aus, als wähnte er sich in einem Traum. Ungläubig schaute er auf die Speisen und schüttelte in Zeitlupe den Kopf. Er saß etwas zusammengesunken auf seinem Stuhl und wirkte, als hätte er sich mit seinem Schicksal abgefunden, was immer es auch sei. Und wenn plötzlich andere Mediatoren eines noch nie dagewesenen Ordens aus einem Transport-Ei sprangen und Pizza mitbrachten, dann musste das wohl so sein.

„Tut mir leid, ich bin schon wieder hungrig", entschuldigte sich Ion und fiel über die Pizza her. Zosoniak beobachtete ihn dabei.

„Was machst Du hier?", fragte Ion ihn.

„Ich überprüfe und warte die Wiederaufbereitungsanlagen", antwortete Zosoniak und deutete auf die Räumlichkeiten, die hinter der Tür lagen.

„Warum?", fragte Ion. „Kann das nicht ein Roboter tun? Oder ein Droide?"

Zosoniak zuckte mit den Schultern und schaute auf die Pizza. „Ressourcen sparen", antwortete er kurz.

Ion zog die Augenbrauen zusammen und musterte Zosoniak genauer. Er wirkte hoffnungslos.

„Sind die Ressourcen so knapp?", fragte der Mediator des Sternenblumen-Ordens.

„Sie sind so knapp verteilt", antwortete der Mediator des Erdherzen-Ordens.

„Von wem?"

„Lady Karma!"

Ion nahm einen Schluck Funtonic und schaute Zosoniak eindringlich an.

„Und warum kann sie über die Ressourcen bestimmen und Du nicht? Du bist doch auch Mediator", sagte er.

Zosoniak schüttelte den Kopf. „Aber ich gehöre zum Erdherzen-Orden", antwortete er und tippte auf sein Abzeichen. „Die haben hier nun mal nichts zu sagen."

„Verstehe ich nicht", sagte Ion. „Alle Mediatoren haben doch die gleichen Befugnisse."

Zosoniak lachte bitter auf. „Ja, das war mal so", stimmte er zu. „Als der Archon noch war. So erzählt man es sich jedenfalls in meiner Familie.

Aber mit dem Tod des letzten Archons hatte sich alles geändert. Die Mediatoren des Eiskristall-Ordens und des Sternenblumen-Ordens waren plötzlich verschwunden, so ließ sich auch kein neuer Archon wählen. Die Familie von Lady Karma hat damals die Macht an sich gerissen. Die übrigen Mitglieder des Eiskristall-Ordens sind zum Geistesfeuer-Orden übergetreten.“

Falten des Grams vertieften sich in seinem Gesicht. „Unser Orden weigerte sich, sich aufzulösen, wie es gefordert wurde“, erklärte er. „Die Konsequenzen haben wir zu spüren bekommen. Wir wurden entmachtet und zurückgedrängt in die schlechtesten Quartiere. Wir durften nur noch die niedrigsten Arbeiten erledigen und erhielten dadurch nur noch wenig Zugriff auf die Ressourcen.“

Ion schüttelte verständnislos den Kopf. „Du bist doch Mediator“, sagte er. „Wie kann man Dich entmachten?“

Resigniert nickte der Mediator des Erdherzen-Ordens. „Das eine ist die offizielle Macht“, erklärte er und deutete mit der Hand auf einen Teil des Tisches. „Das andere ist die inoffizielle Macht“, sagte er und deutete mit der Hand auf einen anderen Teil des Tisches. Dann machte er eine wegwischende Bewegung von der Stelle der inoffiziellen Macht aus über die Stelle der offiziellen Macht hinweg.

„Menschen können grausam sein“, formulierte er nur knapp, was gerade an Erinnerungen durch seinen Kopf rasen musste.

Ion nickte. „Das habe ich auch mittlerweile feststellen müssen.“

„Faktisch hat Lady Karma alle Macht in ihrer Hand. Ihre Familie hat es damals irgendwie geschafft, die Ressourcen in ihre Gewalt zu bekommen", fuhr Zosoniak fort. „Lady Karma ist die einzige, die bestimmt, wer was darf und wer was bekommt."

Ion schob das Cremetörtchen vor seinen Gesprächspartner. „Ich bin hier, um das zu ändern."

Zosoniak schaute das Törtchen mit großen Augen an. Stumm forderte Ion ihn auf, zuzugreifen.

Zögerlich nahm der Mediator des Erdherzen-Ordens das Törtchen aus der Verpackung. Nach einer weiteren stummen Ermunterung von Ion biss er hinein.

Dann liefen ihm Tränen über das Gesicht.

„Ich brauche dafür deine Hilfe", erklärte Ion. „Zusammen können wir dafür sorgen, dass die Macht wieder ins Gleichgewicht gebracht wird."

Zosoniak war zu überwältigt um zu sprechen. Er schüttelte leicht den Kopf und schaute Ion fragend an.

„Ich will Archon werden", sagte Ion.

„Du willst die Macht für Dich", schloss Zosoniak. Äußerlich schien er sich nicht weiter zu verändern, aber innerlich schien er noch weiter zusammenzusacken. Er schaute auf das angebissene Törtchen in seiner Hand, das ihm nicht mehr zu schmecken schien.

Ion schüttelte entschlossen den Kopf. „Ich erzähl Dir mal was!"

Eine Energie ging plötzlich von Ion aus, ein Feuer, und er fuhr fort: „Da unten auf dem Planeten lebten wir in Ruhe und Frieden und waren glücklich damit. Wir wussten nichts von Mediatoren. Richter war der höchste Rang und war unserer Meinung nach nur dazu da, Streitigkeiten unter den Leuten zu schlichten. Sie herrschten nicht, sie dienten. Erst vor kurzem haben wir die Technik auf dem Planeten reaktiviert und sind dabei auf jemanden gestoßen, der wohl mehr über die Mediatoren wusste und nach Macht strebte. Hätte er uns nicht schaden wollen, wäre er wohl jetzt Mediator des Eiskristall-Ordens, denn das Abzeichen ist wieder aufgetaucht."

Zosoniak machte große Augen und wagte es kaum zu atmen.

„Nur durch Zufall haben wir dieses Abzeichen gefunden", fuhr Ion fort und tippte sich dabei auf das Abzeichen auf seiner Brust, „und das hat uns womöglich davor gerettet, von Lady Karma ebenfalls einfach entmachtet und zurückgedrängt zu werden. Wobei sie das wohl im Augenblick trotzdem gerade versucht."

Ion atmete tief ein und sprach dann weiter: „Wir wollen keine Macht, aber wir wollen auch nicht von der Macht anderer Leute überrannt werden. Wir wehren uns."

Er schlug sanft mit der Faust auf den Tisch, die den Blick Zosoniaks auf sich zog. Ion sah den magischen Blick in seinen Augen.

„Und wenn Menschen ihre Macht missbrauchen, dann wollen wir das nicht einfach zulassen", sagte Ion mit einem wütenden Unterton. Das leichte Zittern in seiner Stimme brachte seinen Gesprächspartner dazu, Augenkontakt mit ihm aufzunehmen.

Er fuhr fort: „Wir weisen sie in ihre Schranken und machen die Welt so, wie *wir* es für richtig halten. Und wenn ich dafür Macht nutzen muss, dann ergreife ich diese Macht und nutze sie zum Wohle aller!"

Er schaute Zosoniak fest in die Augen. „Und dafür brauche ich deine Hilfe", wiederholte er.

Einen langen Augenblick lang schauten sie sich nur an. Der Mediator des Erdherzen-Ordens schien zu versuchen, die Situation neu einzuschätzen.

„Zu zweit können wir überhaupt nichts ausrichten", sagte er schließlich. „Es braucht mindestens drei Mediatoren, um einen Archon zu bestimmen, und sie müssten sich einig sein."

Ion schien ein Stück größer zu werden.

„Erstmal sind wir nicht nur zu zweit", fing er an, „denn wir haben viele Verbündete. Und dann würde ich darauf wetten, dass der Mediator der Eiskristall-Gilde bereits auf dem Weg hierher ist."

Zosoniak machte ein weiteres Mal große Augen.

„Zwar weil er mich töten will", sagte Ion schließlich, „aber er kommt, und das ist erst einmal genau das, was wir brauchen."

Zosoniaks Augen zeigten Zweifel.

Ion seufzte. „Ich sag ja nicht, dass es einfach wird", sagte er, „aber das ist unsere Chance und eine andere bekommen wir vielleicht nicht. Wir können etwas verändern – aber!"

Ion beugte sich vor und sprach leise, sehr langsam und eindringlich mit festem Blick: „Dazu brauche ich deine Hilfe! Was sagst Du?"

Der Mediator des Erdherzen-Ordens blickte ihn an, überlegte kurz, atmete durch und richtete sich auf. „Darf ich vorher noch das Törtchen essen?", fragte er.

„Und ob Du dein Törtchen essen darfst", erwiderte Ion und schob ihm den Funtonic zu.

*

Kapitel 12: Verwandlung

Thema: Turm von Tekion zerstört

Der Turm von Tekion wurde zerstört. Dies ist das Werk der Geheimgesellschaften, welche die Macht auf diesem Planeten an sich reißen wollen. Wir trauern um all die Opfer. Dieser Vorfall wird untersucht werden und die Verantwortlichen werden mit aller Macht verfolgt und zur Verantwortung gezogen werden!

*

[Kumono-Forum]

Thema: Feuertal aufgegeben

Um langfristig Ressourcen zu sparen, wurde Feuertal aufgegeben. Die Bewohner werden evakuiert und bis auf weiteres in den Höhlen von Novus untergebracht. Notunterkünfte stehen bereit, die Konstruktion regulärer Quartiere ist im vollen Gange.

*

Sie saßen in einem Kommunikationsraum.

Ion las die Schreckensmeldungen am Bildschirm. „Es ist ein Alptraum, was da unten passiert", stöhnte er. „Lasst und das schnell beenden, bevor nichts mehr da ist, was man retten könnte!"

Er setzte sich vor dem Terminal zurecht und begann zu schreiben.

*

[Kumono-Forum]

Thema: Wahl des Archon

Vor kurzem war auf dem Planeten noch der höchste bekannte Rang der eines Richters. Nun haben wir herausgefunden, dass über dem Richter noch der Rang des Mediators steht. In den letzten Tagen wurde immer wieder von Geheimorganisationen gesprochen, doch für die Eingeweihten waren diese Organisationen nie geheim. Es gibt vier Mediatoren, die jeweils eine Organisation führen: Ion, Zosoniak, Dentalion und Lady Karma.

Archon heißt der Rang, der noch über den Mediatoren steht. Auf der Asteara wird heute über einen neuen Archon entschieden. Der Mediator des Eiskristall-Ordens ist bereits auf dem Weg, um an der Wahl teilzunehmen.

Signatur: Ion, Mediator des Sternenblumen-Ordens – an Bord der Asteara

*

„Darauf wird sie nicht reinfallen", sagte Zosoniak.

„Reinfallen?", fragte Ion. „Es ist wirklich so. Es weiß nur noch nicht jeder. Aber sie wird garantiert kommen. Sie wird Angst um ihre Macht haben. Inzwischen verstehe ich Macht allmählich.“

Er rieb sich den verspannten Nacken und machte eine schmerzerfüllte Miene dazu.

„Jetzt brauche ich Maschinen, die einen Droiden herstellen können“, sagte Ion.

„Wozu?“, fragte Zosoniak. „Ich hab nicht genug Ressourcen auf meiner Transaktionskarte zur Verfügung, um einen Droiden bauen zu lassen.“

„Ich bin Gast hier“, entgegnete Ion. „Ich hab unbegrenzte Ressourcen auf Kosten der Schiffskasse.“

Zosoniak lachte. „Wenn das funktioniert!“, rief er. Er sprang auf und bedeutete Ion, ihm zu folgen. Sie eilten durch die Gänge und nahmen einen Fahrstuhl in die Produktionsanlagen. Schließlich kamen die Mediatoren zu einer großen Werkshalle, in welcher die notwendige Maschine stand. Sie war so groß wie ein eigener kleiner Raum.

Andere große und kleine Maschinen standen hier herum. Manche von ihnen arbeiteten, andere waren untätig.

Auf dem Terminal zur Bedienung der Maschine saßen bereits die vier Holo-Wesen: Neo Kitty, Neo Puppy, Neo Bunny und Neo Dillo.

„Das sind ja komische Figuren“, staunte Zosoniak.

„Die haben wir vom Planeten mitgebracht“, sagte Ion mit Überraschung in der Stimme. „Hab ich gerade erst verstanden", erklärte er. „Ich weiß noch nicht warum. Aber sie werden bald ihren Zweck offenbaren, würde ich wetten."

Zosoniak schaute ihn verwundert an und begann dann, auf dem Terminal Einstellungen vorzunehmen.

„Hier ist noch ein Droide im Speicher geladen", teilte er Ion mit, „den müssen wir eben erst entfernen."

„Nein", widersprach dieser eilig, „ich glaube, genau den will ich haben."

Er drängte sich neben seinen Kollegen und bediente mit wenigen Handbewegungen das Programm zur Erstellung eines Droiden. Für einen Augenblick leuchtete sein Abzeichen auf.

Die Maschine begann zu arbeiten.

„Wie lange wird das dauern?", rief Ion durch den Lärm.

„Ich hab noch nie einen Droiden gebaut", rief Zosoniak zurück und zuckte mit den Schultern.

Sie schauten sich um und wussten nichts mit sich anzufangen.

Die Maschine stellte ihre Arbeit ein.

„Fertig?", fragte Ion.

Eine Klappe wie eine Tür öffnete sich an der Maschine. Arom schritt heraus.

„Gentleman", begrüßte er die Mediatoren.

„Hallo Arom", begrüßte Ion den Droiden, „das hier ist Zosoniak."

„Ich weiß", entgegnete der und winkte ab. „Ich hatte Zugriff auf die entsprechenden Dateien. Ich kenne hier jeden an Bord mit Namen."

„Zosoniak, das hier ist Arom", stellte Ion den Droiden vor. „Ihr kennt Euch vielleicht sogar? Arom kommt eigentlich auch von der Asteara."

Der Mediator des Erdherzen-Ordens schüttelte nur den Kopf.

Ion bemerkte zwei Abzeichen an der Brust des Droiden und deutete darauf. Das eine war bis auf einen Goldrand komplett schwarz. Arom hatte es bereits vor seiner Zerstörung durch den Sicherheits-Roboter getragen. Das andere kannte Ion noch nicht. Es war aus Gold, mit einem Kreuz aus Silber darauf, welches das Abzeichen in vier Felder unterteilte.

„Das Abzeichen des Archon existiert nicht mehr, wie ich herausfand", erklärte der Droide, „also habe ich gleich ein neues herstellen lassen."

„Das geht?", staunte Ion.

„Nein, eigentlich nicht", sagte Arom und schüttelte den Kopf. „Das Abzeichen ist aber auch noch nicht vollständig. Es wird erst zum Abzeichen des Archon werden, wenn einer gewählt wird."

„Verstehe ich nicht", erklärte Zosoniak.

„Nicht mal ich verstehe das", gab Arom zu. „Ich hab das jetzt auch eher vermutet als gewusst. Aber ich hatte in der Vergangenheit viel Zeit, darüber nachzudenken."

„Das müssen wir wohl auch noch nicht verstehen", behauptete Ion. „Jetzt ist erst einmal wichtig, dass wir Dentalion in Empfang nehmen und auf Lady Karma warten."

„Gewagter Schachzug von Dir, alle Mediatoren versammeln zu wollen", sagte Arom mit Anerkennung in seiner Stimme. „Eines Herrschers würdig."

„Kannst Du herausfinden, wo Dentalion auf die Asteara kommen wird?", fragte Ion ihn.

„Ich kann es nicht nur herausfinden", antwortete der, „ich kann es sogar bestimmen. Gehen wir gleich hin. Es kann nicht mehr lange dauern."

„Ich muss noch ein paar Vorbereitungen treffen", erklärte Ion, „und brauche Zugriff zum Computer."

„Ach, hab ich das nicht erwähnt?", fragte Arom im unschuldigen Tonfall.

Ion bemerkte, wie das rote Kreuz, das sich die ganze Zeit über links oben in seinem Sichtfeld befand, in das Symbol einer Sternenblume verwandelte. Es blinkte kurz.

„Ich hab deinem künstlichen Auge ein Update verpasst, als wir auf der Krankenstation waren", erklärte Arom. „Du hast jetzt zumindest Zugriff auf alle ortsungebundenen Funktionen der Asteara, die Du als Mediator des Sternenblumen-Ordens hast.“

Er zuckte mit den Schultern und sagte: „Das sind im Augenblick nicht viele. Die meisten Funktionen liegen in der Hand des Geistesfeuer-Ordens, aber einiges ließ sich nicht in seine Obhut übertragen. Dafür hat der Archon Sapient offensichtlich noch sorgen können, bevor er starb.“

Ion schloss die Augen und rührte sich einen Augenblick lang nicht. „Aha“, bemerkte er nur. Dann öffnete er die Augen und schaute in die Luft. „Gut, das kann ich unterwegs erledigen, vermute ich“, sagte er schließlich. „Gehen wir!“

*

Der rote Drache landete im Hangar. Er wirkte fast klein, verglichen mit der Größe des Hangars. Der rote Drache bot Platz für 20 Personen sowie einiges an Fracht. Das Schott schloss sich und der Hangar wurde mit atembarer Luft geflutet. Die roten Lichter wechselten auf Grün.

An drei Wänden des Hangars standen Roboter, dicht an dicht, 50 Stück insgesamt.

Ein breites Terminal stand ebenfalls an der Wand, auf ihm waren die vier Holo-Wesen präsent.

Ion, Zosoniak und Arom betraten den Hangar. „Der rote Drache“, rief Ion verwundert. „Er wurde wohl weltraum-tauglich gemacht!“

Die Luke des roten Drachen öffnete sich. Leute stiegen aus, mittendrin ein Kind – Dentalion, Zents Sohn.

Auch Zent war im Hangar vertreten, jedenfalls soweit es Ion betraf. „Keine Sorge", sagte Ion zu ihm und erntete dafür seltsame Blicke seitens seiner Begleiter. Der Mediator zog unauffällig zwei Schmerzpflaster hervor und drückte sie sich mit zitternden Händen auf die Haut unter der Rüstung. Mit einem Mal hörte er seinen Herzschlag laut und deutlich.

Die Menschen aus dem roten Drachen stellten sich vor ihnen auf. Ein paar von ihnen trugen Feuerwaffen mit sich und wirkten bereit, sie jederzeit einzusetzen. Die Stimmung war explosiv.

„Herzlich Willkommen", rief Arom und winkte freundlich. Er stand neben der Konsole.

„Hallo Dentalion", begrüßte Ion den Jungen in der Vila-Rüstung mit den schwarzen Augen und schaute sich weiter unter den Leuten um. „Hallo Samush, hallo Manjaro", begrüßte Ion auch die beiden anderen vertrauten Gesichter.

Dentalion zeigte auf Ion und zwei Leute aus der Gruppe schulterten große Rohre.

Ion machte eine Geste, abzuwarten.

„Ich weiß, was Du sagen willst", behauptete er.

„Ach ja", rief der Junge mit schneidend scharfem Ton.

„Und Du hast Recht", sagte Ion.

„Ach ja?", rief der Junge überrascht und aus dem Konzept gebracht. Für einen Augenblick senkte sich sein anklagender Finger.

„Ich habe deinen Vater getötet", gestand Ion. „Und jetzt verlangst Du Wiedergutmachung. Und Du hast alles Recht dazu."

Der Junge legte den Kopf schief.

„Du sollst deine Wiedergutmachung von mir bekommen", fuhr der Mediator des Sternenblumen-Ordens fort. „Die Sache hat nur einen Haken."

Dentalion schritt langsam auf ihn zu. „Sprich", sagte Dentalion.

„Du musst mich am Leben lassen", sagte Ion und sorgte dafür, dass Zents Sohn in Lachen ausbrach.

„Und Du musst mich zum Archon wählen", fügte Ion hinzu.

Dentalion führte die Hände vor der Brust zusammen.

„Dafür schenke ich Dir dann einen Großteil dieses Schiffes", erklärte Archon und zeigte um sich herum.

Dentalion verharrte.

„Siehst Du all diese Roboter hier?", fragte Ion und zeigte auf die 50 Roboter, die an den Wänden des Hangars aufgereiht standen. „Ich kann Dir jetzt sofort die Macht über sie übertragen."

„Und ich kann ihnen befehlen, Dich zu töten?", fragte der kleine Mediator des Eiskristall-Ordens mit einem bösen Grinsen im Gesicht.

„Ja", bestätigte Ion.

„Du bist ja doof", lachte Dentalion und warf die Hände zur Seite. Plötzlich hielt er Feuerrohre in den Händen und richtete sie auf Ion.

Etwas Schweres fiel von der Decke und landete zwischen Ion und Dentalion. Ein Sicherheits-Roboter baute sich vor dem Jungen auf, der bei dem Anblick überrascht erstarrte. Der Roboter prahlte und stellte seine Gelenkigkeit zu Schau.

Für einen Augenblick passierte nichts. Der Sicherheits-Roboter drehte sich schließlich langsam weg und stellte sich neben Ion.

„Ich habe Dich in eine Falle gelockt", gestand Ion, „aber nicht um Dich und deinen gesamten Orden zu vernichten, wie ich es im Augenblick tun könnte, da all diese Roboter unter meiner Kontrolle stehen. Das wird allerdings automatisch passieren, wenn ich jetzt sterbe, weil ich entsprechende Anweisungen gegeben habe."

Arom warf ihm bei den letzten Worten einen schiefen Blick zu.

„Im Gegenteil", erklärte Ion, „möchte ich Dir zeigen, dass ich mit Dir in Frieden leben möchte und Dir die Macht zugestehe, die Du Dir hart er-

kämpft hast. Die dein Vater sich schon hart erkämpft hat, als der große Mann, der er war.“

Arom tat etwas untypisches für Droiden: er
hustete.

„Aber in wenigen Augenblicken wird alles zu
spät sein“, fuhr Ion fort und deutete auf eine große Sicherheitstür. „Lady Karma wird gleich landen
und mit ihrer Armee durch diese Tür dort mar-
schieren. Sie wird versuchen, uns allen unsere
Macht zu nehmen und an sich zu reißen. Dann
wird sie uns alle töten lassen.“

Dentalion schnaubte, um zu zeigen, dass ihm
das keine Angst machte. Er warf einen Blick auf
den hustenden Arom, der so wirkte, als wäre er
krank. Er schwankte und hielt sich die Hand an die
Brust.

„Und sie hat die Macht dazu“, drohte Ion,
ebenfalls mit einem strengen Seitenblick in Aroms
Richtung, „solange es keinen Archon gibt, der das
verhindern kann.“

„AMEM“, rief er schließlich und schaute dabei
in die Luft. „Ich stelle mich für die Wahl zum Archon zur Verfügung!“

„Ich bestätige Ion als Archon“, rief Zosoniak in
die Luft.

Alle Augen richteten sich auf Dentalion.

„Lasst uns gemeinsam eine neue Zukunft erschaffen“, beschwor Ion den kleinen Mediator des
Eiskristall-Ordens mit einem Blinzeln. „Du wirst es
nicht bereuen.“

Die große Tür, von der er gesprochen hatte, öffnete sich.

„Ich bestätige Ion als Archon", rief Dentalion eilig in die Luft und ergriff die Hand Ions.

Ion schaute sich erwartungsvoll um.

Die Holo-Wesen auf der Konsole setzten zum Sprung an. Eins nach dem anderen machte einen gewaltigen Sprung von der Konsole aus auf Arom zu. Sie sprangen durch ihn hindurch direkt in das zweite Abzeichen an seiner Brust hinein.

Mit jedem Holo-Wesen, das in das goldene Abzeichen sprang, leuchtete eins der Viertel auf, die durch das silberne Kreuz voneinander getrennt waren. Arom warf Ion das Abzeichen zu, der dieses augenblicklich an seinem Brustharnisch befestigte. Schließlich leuchtete das gesamte Abzeichen auf.

„Bestätigt", kam die Stimme AMEMs aus den Lautsprechern. „Der neue Archon ist hiermit bestimmt."

Auf der gegenüberliegenden Seite der bereits offenen großen Tür öffnete sich ebenfalls eine. Lady Karma kam mit einer Gruppe von Soldaten in den Raum gestürmt. Auch die vollkommen verhüllte Gestalt im schwarzen Mantel mit der tiefen Kapuze begleitete sie.

Bei den Worten, die Lady Karma da anhören musste, wurde sie bleich. Sie und ihre Leute erstarrten.

Lady Karma zeigte auf Ion. „Nehmt ihn fest", rief sie mit zitternder Stimme. „Er wird sich wegen Hochverrats zu verantworten haben."

Die Soldaten bewegten sich auf Ion zu.

Der Sicherheits-Roboter brachte sich in Position um zu kämpfen. Alle Roboter im Raum setzten sich in Bewegung und kamen näher.

„Ich bin Archon Ion", rief Ion mit einem Ton, der machtvoll und entschlossen jeden Zweifel darüber beseitigte. „Ihr seid diejenigen, die jetzt festgenommen werden!"

Die Roboter umstellten die neu angekommene Gruppe vollständig.

„Los", sagte Lady Karma zu ihrem Begleiter im schwarzen Mantel und deutete auf Ion. In aller Seelenruhe nach die Gestalt ihren Mantel ab. Darunter kam Erom zu Vorschein.

„Verzeiht mir, Lady Karma", sagte er höflich. „Ihr Begleiter wurde leider Opfer eines Fehlers in seinem Betriebssystem, als er versuchte, mich zu hacken und umzuprogrammieren."

Arom und Erom nickten einander zu.

Die Lady gefror förmlich.

Arom schritt durch die Gruppe hindurch, die ihm automatisch genau den Platz dafür frei machte. Er ergriff das Mediatoren-Abzeichen des Geistesfeuer-Ordens, das Lady Karma um den Hals hing. Mit seiner mechanische Hand drückte er zu. Es knackte. Das Abzeichen rutschte aus der Fassung der Kette heraus in die Hand des Droiden. Dann manövrierte er sich wieder aus der Gruppe der Roboter hinaus. Die entstehende Lücke wurde sofort wieder geschlossen.

„Um jeden Zweifel auszuschließen", sagte er und befestigte das Abzeichen an Ions Brust, zusätzlich zu den anderen Abzeichen.

„Das mache ich auch gerne", sagte Zosoniak feierlich, nahm sein eigenes Abzeichen von der Brust und übergab es Arom, der auch dieses an Ions Brust befestigte, der große Augen bekam.

Dentalion stand unentschlossen vor Ion. Er nahm sein Abzeichen ab und schaute es lange und kritisch an. Er schaute Ion an. Er drehte sich um und schaute an eine Stelle im Raum, an der niemand etwas besonderes sah. Nur Ion sah an der Stelle Zent stehen. Plötzlich schaute er hin und her zwischen den Türen im Hangar. Die eine Tür war angekündigt gewesen als die Tür, durch die Lady Karma den Hangar hätte betreten sollen. Sie hatte sich geöffnet und nichts war geschehen. Durch die andere Tür war Lady Karma dann tatsächlich gekommen.

„Das war ein Trick", rief er lachend und zeigte auf Ion.

Ion lächelte und nickte. Er wirkte ertappt und wirkte, als wolle er sich entschuldigen.

Schließlich übergab auch Zents Sohn sein Abzeichen an Arom, der dieses ebenfalls an Ions Brust befestigte. Er sah nicht aus, als wäre er überzeugt davon, das richtige zu tun. Aber er tat es.

„Du bist jetzt mit allen Befugnissen ausgestattet, die es gibt", erklärte Arom feierlich.

Ion atmete hörbar ein. Informationen prasselten auf ihn ein, unsichtbar für alle um ihn herum.

„Ich habe Zugriff auf das gesamte Schiff", sagte Ion konzentriert und zuckte mit den Augen hin und her, während er innerlich neue Möglichkeiten erforschte und entdeckte. „Systeme, Datenbanken, Maschinen, Kameras. Ich sehe alles."

„Ich erkläre den Notstand für beendet", kündigte Ion an. Im gesagten Schiff hörten augenblicklich sämtliche Notstand-Leuchten auf zu pulsieren. Das Licht wurde ein Stück heller. Aber nicht nur im Hangar, sondern auf dem ganzen Schiff.

Sein Herzschlag wurde lauter. Dann langsamer. Aus dem kurzen Schlagen wurde ein immer länger gezogenes Rauschen. Dann hörte es auf und Ion brach zusammen.

*

Ion lief durch die Dunkelheit auf das Licht zu. Endlos lange schien es ihm, als käme er dem Licht nicht näher, doch langsam erkannte er, dass vor ihm ein Feuer brannte. Es war ein Lagerfeuer, um das sich mehrere Gestalten versammelt hatten.

Er trat an das Lagerfeuer heran. Alle standen auf und sahen ihn an.

„Wo bin ich hier?", fragte er.

Links am Feuer standen die Lao Chiya, das menschenähnliche Volk mit den schwarzen Haaren und der natürlichen Kleidung aus Pflanzen- und Tier-Materialien. Rechts standen die Ino Chiya. Sie hatten weiße Haare und trugen dunkelgraue Ganzkörper-Anzüge aus einem nicht bestimmbaren Material.

Vor dem Feuer standen zwei Gestalten, die Ion wegen dem flackernden Feuer nicht sofort erkannte. Ihre Stimmen verrieten jedoch ihre Identität.

„Ion", sagte Naga im sanften Tonfall, überrascht aber erfreut.

„Du hast doch das Hilupooni gar nicht gemacht", überlegte Morafey.

„Aber er hat von der Frucht gegessen", fiel Naga ein. „Das hat wohl gereicht, um seine Pforten in diese Welt aufzustoßen."

„Welche Welt?", fragte Ion und trat zwischen seine Freunde. Wortlos grüßte er die Chiya.

„Tausendauge", sagte Yoma zu ihm und die Lao Chiya deuteten eine Verbeugung an.

„Menschen-Herrscher", sagte der Anführer der Ino Chiya, die ihrerseits eine Verbeugung andeuteten.

Alle setzten sich.

Ion schaute sich um, als suchte er etwas. „Ich hätte erwartet, Zent hier zu treffen", sagte er.

„Warum das?", fragte Morafey.

Der Archon winkte ab. „Was ist das hier für ein Ort?", fragte er.

„Man könnte diese Welt vielleicht am ehesten als Astralebene bezeichnen", antwortete Naga. „Eine feinstoffliche, spirituelle Welt, die nicht mit dem äußeren Körper, sondern mit dem inneren bereist wird. Der Begriff ist den Menschen nicht unbekannt – nur die Ausmaße waren uns nicht bewusst."

„Wir sollten mehr darüber lernen", sagte Ion und erhielt die Zustimmung aller Anwesenden. „Und was tut Ihr hier?"

„Wir besprechen unsere Zukunft", erklärte der Anführer der Ino Chiya.

„Lady Karma hatte den Chiya den Krieg erklärt", erläuterte Morafey die Situation. „Es kam zu Kämpfen zwischen der Armee und den Lao Chiya. Die Ino Chiya wussten, dass die Lao Chiya der Armee nicht gewachsen war, also kamen sie zur Hilfe."

„Die Armee hatte keine Chance", sagte Naga, nicht ohne eine gewisse Genugtuung in der Stimme.

„Wir wurden in der Zwischenzeit eingesperrt", fuhr Morafey fort, „weil man uns unterstellte, als Mitglieder des Sternenblumen-Ordens zusammen mit den Chiya und den Leuten des Eiskristall-Ordens die Menschheit unterwerfen zu wollen. Sowas kann man sich nicht ausdenken."

„Doch, kann man", widersprach Ion. „Lady Karma und ihre Familie hat sich wirklich viel ausgedacht, um falsche Informationen zu verbreiten, Macht zu erhalten und damit Menschen und Ressourcen zu kontrollieren."

„Wie auch immer", sagte Morafey. „Wenn Du mal wieder auf dem Planeten bist, kannst Du ja vielleicht so höflich sein, deine Macht einzusetzen und uns wieder zu befreien."

Ion schien etwas einzufallen.

„Ich weiß gar nicht, ob ich wieder auf -", fing er an. Alles drehte sich. Die Welt um ihn herum faltete sich zusammen und wurde wieder zu der Dunkelheit mit einem kleinen Licht in der Ferne.

Diesmal lief er nicht auf das Licht zu. Diesmal kam das Licht zu ihm. Er kannte auch den Namen des Lichtes.

„Mira", sagte er, wenn auch wesentlich leiser und schwächer, als er es geplant hatte.

„Willkommen, Archon", sagte das Hologramm der Krankenstation mit einem freundlichen Lächeln. „Schön, dass Du wieder da bist."

„Ich heiße Ion", stöhnte Ion und versuchte sich zu bewegen.

„Ruhig liegen bleiben", sagte Mira in einem scharfen Ton, der Ion überraschte. „Du hast ernsthafte innere Schäden zu verzeichnen. Es ist ein wahres Wunder, dass wir es überhaupt geschafft haben, Dich zurück zu holen."

Ion blieb liegen und blickte eine Weile lang nur mit den Augen umher. Dann liefen ihm die Tränen ungebremst über das Gesicht.

„Nanu", rief Mira, „so hab ich es doch gar nicht gemeint. Ich wollte nicht so grob zu Dir sein. Was ist denn los?"

Der Archon rang um seine Fassung, blickte weiter umher und weinte dann noch heftiger.

„Du bekommst jetzt ein Beruhigungsmittel", rief Mira eilig, „aber nur ein schwaches, denn Du verträgst eigentlich überhaupt keine zusätzlichen Medikamente mehr!"

„Lass gut sein", brachte Ion hervor. „Es ist nur so schön, all die Menschen an Bord hier so glücklich zu sehen!"

Dann fiel er selig lächelnd in einen langen, traumlosen Schlaf.

*

Als Archon Ion wieder aufwachte, war die Krankenstation gefüllt mit Leuten.

Seine Frau Shana stand bei ihm und hielt seine Hand. Bero, Tessa, Naga und Morafey standen am Fuß der Bahre, auf der er lag. Norak, Kessaya und Pandor standen ebenfalls im Raum. Zosoniak und Dentalion standen etwas abseits. Zents Sohn hatte normale Augen und sah aus wie ein normaler Junge.

„Wie schön, dass Ihr mich alle besuchen kommt", sagte Ion dankbar und klang schon kräftiger als noch vor Stunden.

„Wo sind denn die Droiden?", fragte er und blickte scheinbar in der Luft umher. „Ich sehe sie nirgendwo auf dem Schiff."

„Sie warten auf Kumono", antwortete Bero. „Der Turm von Tekion wurde zerstört. Damit sind alle technischen Netze mal wieder ohne Koordination und sich selbst überlassen. Andere Netze fehlen total, wie die Datenbank von Aerie."

Der Richter von Geroda winkte ab. „Aber keine Sorge, Erom hat wohl rechtzeitig von diesem Vorhaben erfahren und hat alle im Turm früh genug evakuiert. Er hat schon lange vorher damit angefangen, das EMEM-System und die Archive zu sichern. Es scheint fast, als hätte er diese Sicherheitsmaßnahme schon vor einer ganzen Weile geplant."

Ion nickte und lächelte. „Wahrscheinlich hat ihn jemand auf diese Idee gebracht. Ich kann mir schon vorstellen, wer da verdeckt im Hintergrund die Fäden gezogen hat.“

Bero zuckte mit den Schulter und fuhr fort: „Die Droiden benötigen deine Autorität, um eine koordinierende Instanz und das Betriebssystem wieder neu aufzubauen.“

„Danke für die Befreiung“, sagte Morafey lächelnd. Ein Moment entstand, in dem Morafey, Naga und Ion in eine geheime Kommunikation traten.

„Wie bestellt“, sagte Ion schließlich schlicht und geheimnisvoll.

Ions Blick fiel auf Kessaya und Pandor. „Liberin wurde vernichtet“, sagte sie mit düsterer Miene und war dabei auch Dentalion einen finsteren Blick zu, der daran beteiligt gewesen war. Dieser schaute beschämt zur Seite.

„Kleine Vila hatten das Dorf überfallen, und wilde Tiere kamen dann auch noch dazu“, berichtete die kleine Richterin. „Dann kam die Armee, angeblich um uns zu retten. Tatsächlich haben sie aber einfach alles vernichtet. Ich habe das Dorf jedoch rechtzeitig evakuieren können, so dass die meisten Menschen aus Liberin unversehrt in den Höhlen von Novus untergebracht werden konnten. Bero und seine Giganten haben uns dafür die nötige Rückendeckung gegeben.“

Ion seufzte erleichtert. „Warum sind Manjaro und Samush nicht hier?“, wollte er wissen.

„Sie schämen sich", antwortete Dentalion zur Verwunderung aller Anwesenden im Raum. „Samush ist zu uns gekommen", erklärte er und redete vom Eiskristall-Orden, „um uns auszuspionieren. Aber dann trat der Orden des Geistesfeuers mit uns in Kontakt, um den Sternenblumen-Orden auszuspionieren."

Ion musste lachen. „Sie wollte uns alle gegeneinander ausspielen", erklärte er.

Dentalion nickte. „Das war wohl schon immer die große Kunst des Geistesfeuer-Ordens gewesen."

Ion musste bei diesen Worten schmunzeln, die aus dem Mund eines Jungen kam, der von den Orden nicht allzu viel wissen konnte. Doch dann fiel im Zent ein und die geheimen Dokumente, die er in seiner Basis wohl gehabt haben musste.

Dentalion fuhr fort: „Samush stand unter unserer besonderen Beobachtung. Deswegen fanden wir schnell heraus, dass er lieber für den Geistesfeuer-Orden tätig sein wollte als für uns. Manjaro hingegen wollte tatsächlich zu uns kommen und gegen den Sternenblumen-Orden kämpfen. Er hielt Dich für unfähig, die Macht zu erhalten und damit den Frieden zu sichern."

Ion nickte. „Das war auch so", stimmte er zu. „Aber ich hatte meine Lehrmeister, und deren Lehren haben jetzt Früchte getragen."

Er richtete sich ein Stück weit auf und drehte sich mit seinem Körper zu Dentalion. „Einer davon war dein Vater. Wäre er nicht gewesen, dann würde Lady Karma jetzt über den Planeten herrschen, uns zu Tätigkeiten zwingen, die wir nicht tun wollten und unsere Ressourcen knapp einteilen. Dein Vater hatte also seinen Beitrag zum Gleichgewicht der Mächte und zum Frieden auf der Welt geleistet."

Diese Worte berührten den Jungen tief. Er blickte dankbar zu Ion hinüber. Oder vielleicht doch an ihm vorbei?

„Danke", sagte der eingebildete Zent in Ions Rücken. Auch er klang zutiefst gerührt. „Ich verabschiede mich jetzt. Sorge besser dafür, dass ich nicht wiederkommen muss."

Dann war er fort. Der Archon wusste, dass sein vermeintlicher Widersacher so schnell nicht wiederkommen würde.

Ion legte sich wieder hin. „Ich hab hier noch ein paar Mediatoren-Abzeichen zu verteilen", lachte er. „Die Abzeichen sind zu schwer für mich alleine zu tragen."

*

[Kumono-Forum]

Thema: Führer gesucht – Mediatoren und Richter / Generäle

Die Führung der Menschheit sollte immer an seine Bedürfnisse angepasst werden. Im Augenblick sind wir wieder in einer Phase der intensiven Anpassung. Das System der Führung wurde nun komplett aufgedeckt und offengelegt, alle Informationen sind jetzt jedem zugänglich. Bitte unter-

stützt Euch gegenseitig dabei, dieses System zu ergründen. Eure Mitarbeit ist erwünscht.

Wir suchen Menschen, welche zu einer würdigen und offenen Führung beitragen wollen. Menschen, die Visionen haben, wie das System besser an unsere menschlichen Bedürfnisse angepasst werden kann.

So lange das alte System besteht, werden Mediatoren und Richter gesucht; Menschen, die bereit sind Verantwortung zu übernehmen und die Bedürfnisse ihrer Mitmenschen nach besten Möglichkeiten zu koordinieren und zu bedienen.

Bitte meldet Euch bei den Euch bekannten Richtern, Mediatoren oder bei mir, dem Archon.

Signatur: Ion, Archon – an Bord der Asteara

*

Die Vergnügungsdecks der Asteara füllten sich langsam. Während der Notstand aktiv gewesen war, waren die Decks für gemeinschaftliches Treffen und für Freizeitaktivitäten zu verbotenen Zonen erklärt worden. Zögerlich wurden die Räumlichkeiten wieder von den Menschen besetzt, die Entspannung, Gemeinschaftsgeist und vergnügliche Aktivitäten für ihre Mitmenschen anbieten wollten.

Zögerlich und sogar zuerst noch ängstlich kamen diese Mitmenschen auf die Decks, sahen sich um wie staunende kleine Kinder und fingen an, sich ebenso zu freuen, als sie erkannten, dass es jetzt wieder erlaubt war, sich zu entspannen, zu vergnügen und sich unzensiert untereinander auszutauschen. Sie waren fassungslos, dass sie keine Transaktionskarten brauchten, um Speisen zu bekommen oder um an anderen Aktivitäten teilnehmen zu dürfen.

Ion und seine Krankenbett-Besucher saßen an den Tischen des ersten wiedereröffneten Cafés. Die Menschen kamen vorbei und grüßten teilweise demütig und scheu, teilweise dankbar und herzlich und teilweise auch übermäßig ausgelassen und enthusiastisch.

Ion nahm sich die Zeit, auf jeden Menschen zu reagieren, der ihm etwas sagen wollte oder eine Frage hatte.

Eine besonders bunte Truppe lief ausgelassen über das Deck. Sie trugen ungewöhnliche und wunderschöne Kostüme, die sie wahrscheinlich frisch hatten anfertigen lassen. Hüte und andere Accessoires vervollständigten ihre Outfits. Zosoniak erkannte sie: Es waren allesamt Mitglieder des Erdherzen-Ordens; diejenigen Bewohner des Schiffes, welche seit langer Zeit gezwungen gewesen waren, in den ungünstigsten Quartieren zu leben, nur die langweiligsten und unangenehmsten Aufgaben ausführen durften und dafür auch noch die geringsten Ressourcen zur Verfügung gestellt bekommen hatten.

Jetzt feierten sie ihre Freiheit. Sie entdeckten ihren alten Mediator und den Archon und flanierten herüber. Ihre Augen strahlten aus tiefster Seele Demut und Dankbarkeit aus. Sie umarmten jeden einzelnen der Sitzenden und bedankten sich überschwänglich vor allem bei Ion und Zosoniak. Ebenfalls bekam Kessaya besondere Aufmerksamkeit der Leute, da sie mit ihrem Zylinder, ihrem

Hemd mit Spitzen und Rüschen und ihren großen Stiefeln sehr ähnlich gekleidet war wie die bunte Truppe.

„Die Leute müssen erst einmal feiern", erklärte Zosoniak.

„Sie sind ganz allgemein nicht daran interessiert, die Macht zu ergreifen und das Schicksal der Menschheit entscheidend mitzugestalten", behauptete der junge Dentalion mit einem vorwurfsvollen Tonfall. „Das ist ein schwerer Fehler. Die vergangenen Ereignisse dürfen sich nie mehr wiederholen."

Ion schaute wertschätzend zu ihm rüber. Er wirkte jetzt reif und ausgeglichen für sein Alter. Vorher hatte der Archon ihn als sehr unreif und aggressiv erlebt. Jetzt bekam er Gelegenheit, hinter die Motive für sein Verhalten zu schauen.

„Das ist möglicherweise nicht der Fehler der Menschen", sagte die kleine Kessaya, die sich offenbar Mühe gab, Dentalion in nichts nachzustehen, „sondern der Fehler des Systems. Das System hat ein solches Verhalten nicht ermutigt, sondern im Gegenteil die Möglichkeiten geheim gehalten und unterdrückt. Das muss anders werden."

Ion hatte erwartet, dass sie den letzten Satz mit feuriger Energie aussprechen und mit einem Fausthieb auf den Tisch unterstreichen würde, aber auch sie wirkte auf einmal sehr erwachsen.

„Das System sah vor allem auch vor", sprach Ion, „dass die Menschheit zusammenbleiben würde. Es ist nicht dafür ausgelegt, auf Dauer sowohl auf dem Planeten wie auch auf der Asteara das Gleichgewicht zu erhalten. Ich glaube, es wäre sinnvoll, einmal ein System für den Planeten und einmal ein System für die Asteara zu schaffen."

„Also ein weiterer Archon", schlussfolgerte Bero, „und wieder ein höherer Rang, der über diesen beiden steht?"

Er schaute Ion kritisch an, ihm gefiel der Gedanke nicht.

„Nein", antwortete Ion. „Jeder hätte auf seinem Gebiet das Sagen und auf dem Gebiet des anderen nicht."

„Ich will der Archon der Asteara sein", rief Dentalion begeistert. Seine Augen leuchteten. Er sah sich um und stieß auf kritische Blicke. Wie von einem schweren Schlag getroffen, sank er in sich zusammen und blickte beschämt zu Boden. Dann richtete er sich wieder auf.

„Ich weiß, dass ich schwere Fehler gemacht habe", begann er. „Ich war rücksichtslos und habe anderen Menschen Schaden zugefügt, um meine Ziele zu erreichen. Ich bin jetzt der Überzeugung, dass dies ein schlechter Weg ist, um seinen Willen durchzusetzen. Ich habe in den letzten Tagen viel gelernt. Ich möchte mit Menschen zusammenarbeiten und gemeinsam mit ihnen etwas Schönes erschaffen. Ich möchte Macht nur noch zum Wohle aller verwenden und dafür angesehen werden."

Er schluckte. „Ich möchte Freunde haben", sagte er ehrlich und wagte kaum, den Anwesenden dabei in die Augen zu schauen. Doch er tat es, um seine Worte zu unterstreichen.

Die kleine Kessaya stand mit ernstem Blick auf.

„Du hast mein Dorf vernichtet und meinen Freunden geschadet", fing sie an. „Du warst eine Bedrohung für uns. Du warst gemein und herzlos."

Dentalion schaute wieder beschämt zu Boden.

„Du hast Dich besser geändert", fuhr Kessaya fort. Zents Sohn blickte wieder zu ihr auf, Hoffnung in den Augen.

„Ich bin bereit, Dir eine neue Chance zu geben", schloss Kessaya, „und wenn ich das schon tue, dann denke ich, dass jeder dies tun sollte."

Mit diesen Worten setzte sie sich neben Dentalion. „Und dann wäre ich auch gerne deine Freundin."

Sie schauten sich an und unterdrückten beide Tränen der Rührung. Dann nickten sie einander zu. Dentalion lächelte.

Für einen Augenblick sprach niemand. Es herrschte eine feierliche Stimmung.

Schließlich zuckte Ion mit den Schultern. „Und wenn sonst niemand die Aufgabe übernehmen will", sagte er mit einem gespielt gleichgültigen Ton in der Stimme, „dann werde ich alles dafür vorbereiten, Dir dieses Amt zu übergeben."

Niemand widersprach.

„Ich werde Dich gerne dabei unterstützen", bot Zosoniak sich an und wandte sich dann an Ion: „Ich würde gerne wieder als Mediator an Bord der Asteara tätig werden."

Dentalion zeigte Freude und Dankbarkeit. Er wirkte wie ein neuer Mensch, seit er freiwillig sein Mediatoren-Abzeichen und damit seine Macht abgegeben hatte. Ion nahm sich vor, diesen neuen Dentalion nach Kräften zu unterstützen.

Eine Person näherte sich zögerlich der Runde. Es war Akyu, die Jägerin von Tekion, die ursprünglich aus Feuertal gekommen war. „Hallo, Du bist doch Ion, oder?", fragte sie unsicher.

Naga und Morafey winkten ihr zu. Sie kannten sie bereits von ihrer Begegnung am Rotstein-Plateau, bei der sie sich vor den Droiden Yarom gestellt hatte, um ihn vor den Angriffen der Ino Chiya zu schützen.

„Hallo, Naga und Morfay", rief Akyu begeistert. Alle Scheu fiel von ihr ab.

„Morafey", berichtigte Morafey.

„Oh, wie peinlich", rief Akyu und schlug die Hände vor das Gesicht. „Tut mir leid!"

Dann ging sie nahtlos wieder in den Zustand der Begeisterung über und setzte sich zu den beiden Jägern aus Geroda. „Seid Ihr auch hier, um Euch als Mediatoren zu bewerben?"

„Nein", antworteten die beiden wie aus einem Mund.

„Du möchtest Mediatorin werden?", fragte Ion sie.

„J-a", stotterte Akyu, wieder unsicher. Dann machte sie sich groß und startete einen ihrer typischen Redeflüsse: „Also, ich bin Akyu. Hallo alle zusammen. Schön, Euch kennen zu lernen. Ursprünglich komme ich aus Feuertal, aber jetzt lebe ich auf Tekion. Ich würde gerne Mediatorin werden, weil ich gerne Neues lerne. Es klingt nach einer großen Aufgabe und ich möchte an meinen Aufgaben wachsen. Ich möchte nützlich sein und einen Beitrag leisten. Ich habe jetzt gerade die Prüfung zur Jägerin bestanden und traue mir zu, auch diese Aufgabe zu meistern."

Sie holte Luft. Ion nutzte die dadurch entstehende Pause und fragte: „Möchtest Du Mediatorin auf dem Planeten oder an Bord der Asteara werden?"

Akyu erstarrte. Für ein paar Augenblicke wirkte sie wie eingefroren, sie atmete nicht einmal. Dann schüttelte sie den Kopf und blinzelte. „Da muss man sich entscheiden?", fragte sie. „Das war mir nicht bewusst. Ich dachte, Mediatoren sind überall Mediatoren."

„Ja, das war bisher auch so", bestätigte ihr Ion. „Aber wir denken, das passt nicht so gut. Wir ändern das System."

„Oh", sagte Akyu nur und schien wieder zu erstarren. „Das sind völlig neue Umstände", sagte sie schließlich. Die Jägerin wirkte überfordert und wuselte ihr Haar durcheinander.

„Du musst Dich nicht sofort entscheiden", sagte Ion im beruhigenden Tonfall.

„An Bord der Asteara", antwortete Akyu fest.

„Gut, dann haben wir ja schon den Archon und zwei von vier Mediatoren für die Asteara gefunden", fasste Ion ihre bisherigen Ergebnisse zusammen.

„Darf ich einen Vorschlag machen?", fragte Akyu in einem Zustand zwischen Unsicherheit und Begeisterung.

„Natürlich", entgegnete Ion.

„Ich schlage Samush und Manjaro als Mediatoren vor", sagte Akyu. „Ich bin den beiden gerade begegnet. Samush war ja bereits Richter von Feuertal und ist bestimmt gut für die Aufgabe geeignet. Er und Manjaro verstehen sich gut. Ich finde die beiden auch sympathisch. Ich kann mir vorstellen, dass es eine lustige und erfolgreiche Zusammenarbeit werden könnte."

„Die beiden müssen das natürlich auch wollen", lachte Ion.

„Ich glaube, das wollen sie auch", sagte Dentalion und deutete auf Ion. „Aber sie werden sich im Augenblick nicht trauen, hierher zu kommen und mit Dir zu sprechen. Ich könnte mit ihnen sprechen. Ich glaube auch, dass die beiden für die Aufgabe geeignet wären."

Ion schaute fragend zu Zosoniak rüber, der ihm zunickte.

„Schön, dann wäre die neue oberste Führungsebene der Asteara ja praktisch bereits beschlossen", erklärte Ion.

„Ja!", rief Akyu laut aus, kniff die Augen zusammen, streckte die Fäuste in die Luft und riss sie dann an die Hüfte. Dann blickte sie sich verlegen um. „Oh", machte sie und setzte sich wieder aufrecht hin und versuchte, wie eine normale Person zu wirken.

„Ich bleibe der Archon auf dem Planeten", verkündete Ion und erntete dafür Applaus. „Ich hätte auch schon im Kopf, wenn ich mir als Mediatoren wünsche, aber das liegt nicht in meiner Hand. Bero und Kessaya, wie würde Euch der Mediatoren-Rang gefallen?"

Kessaya hob stolz das Kinn. „Es wäre mir eine Ehre", sagte sie förmlich und feierlich und hielt dabei ihre Hand an ihren Zylinder.

Bero grummelte: „Da ist man gerade Richter geworden, arbeitet sich ein und schon soll man wieder was anderes machen."

Natürlich konnte er nicht verbergen, dass er über den Vorschlag von seinem Freund gerührt war.

„Komm schon, Großer", sprach ihn Kessaya an. „Ich helfe Dir auch."

Das sorgte für Gelächter.

Auch an anderer Stelle des Vergnügungsdecks wurde gelacht. Leise ertönte in der Umgebung Musik, was mit Applaus gewürdigt wurde.

„Wenn hier sonst niemand einen Rang als Mediator auf dem Planeten annehmen will", erklärte Ion, „dann würde ich die betreffenden Personen auf dem Planeten fragen."

„Jeder Mediator ist selber dafür zuständig, Richter zu ernennen", ergänzte er und stand auf. „Ich werde erst einmal auf den Planeten runter reisen, um dort wieder Ordnung zu schaffen. Dann komme ich wieder und bereite alles vor, um das System hier umzustrukturieren und zu übergeben. Überlegt Euch am Besten bis dahin, ob es noch andere Änderungen gibt, die ich vornehmen soll. Mit meinem Computer im Auge kann ich das recht schnell und einfach", sagte er.

„Aber erst muss ich hier noch etwas erledigen", sagte er geheimnisvoll und ließ die anderen zurück, während er sich zum nächsten Fahrstuhl begab.

*

Er hatte Lady Karma in das Besprechungszimmer an Bord der „Hand der Tapferkeit" führen lassen, in welchem sie ihre erste gemeinsame Unterhaltung auf dem Planeten gehabt hatten.

Wieder stand sie am Fester, durch welches es dieses Mal jedoch nur den Hangar zu sehen gab. Ihre perfekte Aufmachung hatte gelitten. Kleidung und Haare waren nicht mehr so ordentlich arrangiert, sie trug keinen Hut und keinen Schmuck mehr und hatte auch keinen Stab mehr bei sich. Ihre Hände verschränkte sie auf dem Rücken.

Sie drehte sich zu Ion um, als er den Raum betrat. Sie sah müde und erschöpft aus, nervös und unsicher. Sie wirkte auf Ion auf einmal menschlich, nicht mehr wie die künstliche Person, die sie ihm und auch allen anderen vorgespielt hatte. Schnell drehte sie sich wieder zum Fenster um.

Ion war sich nicht sicher, welche Emotionen er in ihren Augen gesehen hatte: Scham, Reue, Gram, Verbitterung, Angst. Vielleicht alles zusammen. Vielleicht bildete er sich das alles auch nur ein.

„Du hättest einen guten Feuerkäfer abgegeben", sagte Lady Karma mit gebrochener Stimme.

„Sapient", sagte Ion. Bei diesem Namen zuckte Lady Karma zusammen. Sie drehte sich zur Seite, so dass Ion sie im Profil sah.

Ion blinzelte und auf dem Tisch wurde ein holographisches Bild sichtbar. Lady Karma drehte sich weiter um und warf einen Blick darauf. Es zeigte einen Raum, in dem eine Vorfahrin von Lady Karma einem alten Mann gegenüberstand. Sie hatte einen Begleiter im schwarzen Mantel an ihrer Seite.

„Ihr konntet das entsprechende Archiv verschlüsseln, aber nicht löschen, weil Ihr nicht die dazu nötigen Rechte hattet", sagte der Archon, der alle Rechte inne hatte.

„Archon Sapient", nannte Ion den Namen noch einmal. Die ehemalige Herrscherin über die Asteara wandte sich wieder ab. Sie wusste, was das Hologramm zeigen würde.

„Deine Vorfahrin hat ihn mit Hilfe eines Sicherheits-Roboters töten lassen", beschrieb Ion seine Erkenntnisse über den Vorfall. „Sie wollte seine Macht. Aber er wollte sie ihr nicht geben. Sie wusste nicht, dass er für diesen Fall Vorkehrungen getroffen hatte. Seine Zugangs-Schlüssel hatte er bereits aus seinem Abzeichen extrahiert und in den Holo-Wesen versteckt."

Lady Karma lachte bitter. „Diese blöden, kleinen Tierchen von der Erde. Ich kenne sie von den alten Aufzeichnungen. Alle fanden sie so süß und niedlich und wollten mit ihnen spielen. Ihre künstliche Intelligenz testen. Ich hab sie immer nur als eine fürchterliche Verschwendung von Ressourcen betrachtet. Ich war froh darüber, dass sie nach Sapients Tod nicht mehr auftauchten."

„Und mit ihnen verschwand die Möglichkeit, vollständig über die Asteara herrschen zu können“, wusste Ion.

„Es begann eine Zeit der Entbehrungen“, berichtete Lady Karma. „Aber das spielte uns ja in die Hände. Es half, die Leute zu kontrollieren. Gerade weil vieles nicht mehr möglich war, konnte man ihnen so leicht sagen, dass sie sich einschränken mussten. Dass sie genau tun mussten, was man von ihnen verlangte, damit die Ressourcen nicht noch knapper wurden. Man musste ihnen nur ein wenig Angst machen, schon waren sie froh darüber, mit noch so wenig auszukommen und dafür noch schwer zu arbeiten.“

Ion nickte. „Das war Euer Familiengeheimnis“, sagte er.

Lady Karma drehte sich ruckartig zu ihm um und ballte die Fäuste. Inbrünstig rief sie: „Wir waren effektiv! Wir haben mit so wenig so viel erreicht. Wenn alle freiwillig so arbeiten würden, wie wir sie dazu gezwungen hatten, dann könnten wir das Universum beherrschen!“

„*Du* könntest das“, erwiderte Ion sanft. „Alle anderen würden ja arbeiten.“

Lady Karma kniff die Lippen zusammen. „Es diente doch auch einem höheren Ziel“, erklärte sie.

Ion blinzelte und das Hologramm verschwand. „Ich glaube nicht, dass es Euch um höhere Ziele ging“, sagte er. „Sowohl deiner Familie wie auch eurem Orden ging es hauptsächlich um die Macht.

Und nicht, um etwas zu verbessern, sondern rein um ihrer selbst willen.“

„Das stimmt nicht“, flüsterte Lady Karma und drehte sich wieder dem Fenster zu.

„Und die große Katastrophe?“, fragte Ion. „War das auch das Werk deiner Familie? Für ein höheres Ziel?“

„Es war eine Arbeit unseres Ordens“, gestand Lady Karma mit zitternder Stimme. „Wir entwickelten spezielle Energieträger, die das gesamte Netz überlasten sollten. Und alle Netze sollten dabei zusammengekoppelt sein – alle Netze auf dem Planeten und bis auf die Lebenserhaltung alle Netze auf dem Schiff – und durch einen energetischen Schock überlastet werden.“

Sie holte tief Luft. „Aber eine solche Katastrophe war nie vorgesehen. Der Schock war viel stärker, als es unsere Berechnungen ergeben hatten. Der Energiestoß sollte die Systeme nur kurzzeitig lahmlegen, so dass sie jederzeit wieder reaktivierbar waren. Familienmitglieder von mir gehörten zu denjenigen, welche die Hauptenergieträger auf der Asteara ausgetauscht hatten. Sie starben, weil sie den Energieträger wieder entfernen wollten, als sie sahen, welchen Schaden er anrichten würde. Sonst wäre wohl das ganze Schiff zerstört worden.“

„Schrecklich“, sagte Ion kopfschüttelnd und mit ehrlichem Bedauern.

„Und jetzt?“, fragte sie. „Was willst Du noch von mir? Ersparen wir uns doch die weiteren Demütigungen. Ich weiß, welche Strafe auf Hochverrat steht."

„Du machst nicht mehr die Regeln", entgegnete Ion sanft, und doch schienen die Worte sie wie ein Schlag zu treffen.

„Wenn es Dir um höhere Ziele geht, dann willst Du das vielleicht beweisen", sagte Ion. „Eine große Maschine ist auch auf das kleinste Rad angewiesen."

„Ich verstehe", sagte die Lady bitter. „Ich soll jetzt die Arbeiten kennen lernen, die ich anderen aufgezwungen habe. Den Rest meines Lebens nichts als die Kleidung am Leib besitzen und dafür die schwersten und demütigsten Arbeiten erledigen."

„Möchtest Du leben?", fragte Ion sie.

Sie drehte sich zur Seite und schien nachzudenken; wahrscheinlich nicht über die Frage selbst, vielmehr über das, was damit zusammenhing.

„Ja, ich will leben", sagte sie leise. Sie war den Tränen nahe.

„Gut", antwortete Ion. „Bestimmt lässt sich das einrichten, dass man Dir Möglichkeiten gibt, deinen Teil zu einer gut funktionierenden Gemeinschaft beizutragen. Auf dem Planeten oder auf der Asteara."

Sie drehte sich zu ihm um. Unverständnis zeigte sich in ihrem Gesicht. Der Argwohn, dass sie ohne es zu merken verhöhnt wurde. Dass sie noch einmal Hoffnung und Dankbarkeit demonstrieren sollte, bevor sie schlussendlich doch hingerichtet werden würde. Keiner dieser Gedanken jedoch spiegelte sich in Ions sanftem Gesicht wieder.

„Kennst Du das Windhörnchen?", fragte Ion sie.

Tränen kullerten der ehemals harten und perfekten Lady über das Gesicht. Sie wirkte auf Ion jetzt wie die kleine Kessaya, obwohl diese doch bereits so groß und erwachsen wirkte.

„Das Windhörnchen von Kumono tut, was es will", erklärte Ion. „Es sorgt nicht vor. Es konstruiert nichts. Es sucht sich Nahrung erst dann, wenn es Hunger hat. Es genießt das Leben und lässt es sich gut gehen. Es kommt alleine zurecht und auch in der Gemeinschaft. Trifft es auf einen fremden Stamm, wird es dort herzlich aufgenommen. Wenn es Hilfe braucht, helfen die anderen ihm intuitiv. Sie verlangen keine Gegenleistung. Und wenn ein Windhörnchen immer nur dann zu einem fremden Stamm kommen würde, wenn es Hilfe braucht, dann wird ihm trotzdem immer wieder geholfen. Bedingungslos. Windhörnchen sind sorglos, glücklich, aufgeweckt und verspielt. Und sie kommen ausgezeichnet im Leben zurecht."

Lady Karma weinte bitterliche Tränen.

„Es besteht kein Grund dazu", schlussfolgerte Ion, „unbedingt ein Feuerkäfer sein zu wollen."

Lady Karma brach vor ihm zusammen, stürzte auf den Boden und schluchzte herzzerreißend.

„Ich hoffe, diese Lektion lernst Du noch", sagte Ion. „Du kannst Dir aussuchen, ob Du in deinem Stamm bleiben willst, oder Dich einem fremden Stamm auf dem Planeten anvertraust. Es geht nicht darum, dass Du schwer arbeiten sollst und nichts besitzen darfst. Es geht darum, seinen Platz zu finden und seine Gemeinschaft zu stärken. Vielleicht findest Du ja irgendwann zu einem normalen Leben."

Mit diesen Worten ließ er Lady Karma alleine.

Er wechselte von einem Hangar in den nächsten. Der rote Drache wartete darauf, ihn und seine Gefährten auf den Planeten zu bringen. Er stieg ein. Seine Freunde warteten bereits auf ihn.

„Wie ist es gelaufen?", fragte Bero interessiert.

Ion setzte sich in den Pilotensessel. „Ganz gut, glaube ich", antwortete er. „Ich glaube, es steckt noch genug Mensch in ihr. Ich habe Hoffnung."

Er schaute zu Bero rüber und glaubte einen kurzen Augenblick lang, sein Freund würde ihn auslachen. Aber Bero nickte nur und zeigte den gleichen Optimismus. „Dann ab nach Hause", sagte er.

Ion brauchte seine Hände nicht. Er blickte nur ein wenig umher. Die großen roten Lichter im Hangar leuchteten auf, das große Schott öffnete sich. Der Weltraum wurde sichtbar.

*

Der rote Drache verließ die Asteara. Die Besatzung des Fluggerätes saß an den Fenstern und war fasziniert von der Aussicht. Unter ihnen lag Kumono, friedlich und still, so wie die Stimmung an Bord. Sanft überzog Zauberstaub den Planeten; sphärische Lichter, Wolken und Bänder aus Licht verschiedener Farben und Muster, die sich spontan bilden und wieder auflösen konnten.

Es dauerte eine Weile, bis sie durch den Zauberstaub hindurch flogen. Sie genossen die Zeit. Die Sensoren funktionierten in dieser Schicht nicht zuverlässig, aber sie wurden nicht gebraucht. Sie gelangten tiefer in die Schichten der Atmosphäre und flogen schließlich zu den Höhlen von Novus.

Der rote Drache landete vor den Höhlen, deren Eingang von den Giganten bewacht wurde. Sie begrüßten die aussteigende Mannschaft.

Ion ging vorweg. Er staunte erneut über die Schönheit des Eingangstunnels mit seinen Wänden aus dunkelblauen Kristallspitzen, die hier wie Blumen zu wachsen schienen.

Er betrat die riesengroße Eingangshöhle und ließ auch hier noch einmal ausgiebig seinen Blick über die Wände streifen, an denen bunt die Kristalle wuchsen, und dazwischen verschiedene Pflanzen. Auf dem Boden waren Wege und Flächen von Erde befreit worden und mit festem Material aufgefüllt worden, das wie glattes Gestein wirkte. Verschiedene Flächen hatten jedoch ihre Erdschichten behalten und waren immer noch bewachsen mit Moosen und Pilzen.

Direkt geradeaus war ein Stand aufgebaut, an dem verschiedene Früchte, Backwaren, Speisen und Getränke angeboten wurden. Die Düfte davon schwebten in der Halle umher. Menschen standen vor dem Tresen und unterhielten sich. Hinter dem Tresen standen Yenna und Ordon, bereiteten Speisen zu und bedienten die Leute. Die zwei hatten den Radiosender ‚Abenteuer Kumono‘ auf Tekion aufgebaut und hatten sich nun eine andere Tätigkeit gesucht, bis das Kommunikationsnetz wieder stehen würde.

Zu Ions Linken stand eine fertig montierte und betriebsbereite Tech-Säule. Davor standen die Leute, die ihn und seine Begleiter begrüßen wollten: seine schwangere Frau Shana, die ihm als erstes glücklich um den Hals fiel. Die Jägerin Tessa, die vor allem Bero herzlich in Empfang nahm. Der junge Techniker Pandor, der sich besonders darauf freute, Kessaya wieder zu sehen. Freundliche Worte wurden gewechselt, aber Ion fühlte sich wie im Traum und hatte das Gefühl, sich von außen zu beobachten. Es war ein schöner Traum.

Von rechts kamen Menschen aus den Dörfern, die hier Unterschlupf gefunden hatten sowie alle anderen, die einfach den Archon sehen wollten.

Hinter der Tech-Säule warteten die Droiden Arom, Erom, Karom, Yarom und Zurom auf ihn.

„Hallo. Lasst uns schnell das neue Betriebssystem fertigstellen“, schlug Ion ihnen vor. Sie führten ihn ohne Umschweife in einen Raum hinter der Tech-Säule. Der war gefüllt mit Technik und inaktiven Robotern. An einer Seite des Raumes führte eine künstlich erstellte Treppe nach unten, die vermutlich in die Technik-Tunnel führte.

Von seiner Position aus sah Ion bereits den Raum hinter diesem, in dem große Computer in Glas-Säulen aufgestellt waren. Kleine Lichter daran blinkten in unterschiedlichen Farben. Die Durchgänge zwischen den Räumen waren mit Rahmen aus schwarzen Metall verstärkt worden.

„Der Raum bekommt natürlich noch eine Sicherheitstür", erwähnte Erom und stellte sich dann in eine Form, die speziell dafür gemacht worden war, einen Droiden aufzunehmen. Yarom und Karom taten es ihm gleich. „Wir können sofort anfangen", sagte er.

Zurom ging mit langsamem Schritt auf den Computerraum zu, drehte sich kurz davor um und blieb dort stehen.

„Und Du?", fragte der Archon den neben sich stehenden Arom.

„Sehe ich aus, als hätte ich ein Backup eines planetaren Betriebssystems in meine Speicher gestopft?", fragte er missbilligend.

Ion schaute ihn von der Seite an. „Nein?", fragte er schließlich.

„Nein", bestätigte Arom nickend und zeigte mit dem Finger auf Ion, um seine Aussage zu unterstreichen.

Ion blickte mit den Augen umher und arbeitete innerlich mit seinem künstlichen Auge daran, seinerseits die notwendigen Schritte auszuführen, um ein Betriebssystem in die Computer zu installieren, welches die Aufgabe hatte, planetenweit die Netzwerke der Gnome und der Feen zu koordinieren, die Kommunikation unter den Menschen zu gewährleisten und andere Daten zu versenden und zu empfangen. Von außen jedoch sah es so aus, als blicke er nur in der Luft umher.

Auch die Arbeit der Droiden sah sehr unspektakulär aus. Es sah fast so aus, als ob alle nur in ihren Stationen herumstanden. Jedoch flackerten die Augen der Droiden, was als einziges auf starke innere Aktivität hinwies.

„Und Du, Zurom?", fragte Ion zwischendurch.

Der rote Droide mit den weiblichen Formen schien ihn nur schwach wahrzunehmen, durch die flackernden Augen hindurch. Sie drehte jedoch den Kopf ein kleines Stück weit, als wäre sie zu schüchtern, um zu antworten.

„Nein, das war nur ein Name zur Tarnung, richtig?", fragte Ion, weil es ihm gerade klar wurde.

Der rote Droide antwortete immer noch nicht. Die Augen flackerten wild.

Arom hingegen schaute Ion an. „Sehr gut, Archon Ion", sagte er mit Anerkennung in der Stimme. „Für deine Spezies besteht begründete Hoffnung."

Ion schaute zurück. „Du hast viel und lange im Hintergrund geplant für uns Menschen", sprach der Archon seine Erkenntnisse aus, schaute zu den anderen Droiden hinüber und fügte hinzu: „Ihr habt sicher alle euren Teil beigetragen, dass wir Menschen uns nicht selbst vernichtet haben."

„Na na", sagte Arom abwinkend. „Kein Grund für Übertreibungen oder Dramatik. Wir helfen ja gerne."

Das Augenflackern der Droiden war beendet. Erom, Karom und Yarom verließen ihre Stationen.

Ion schaute auf den weiblichen roten Droiden vor sich, den er bisher nur unter dem Namen Zurom gekannt hatte. Mit seinem künstlichen Auge konnte er erkennen, wie sich ein neues System aufbaute.

„EMEM, wie läuft es?", fragte er.

„Meine Funktionen nehmen wie erwartet und mit nur geringfügigen Abweichungen ihren Dienst auf", erklärte der Droide, der das System selbst repräsentierte und selbst Teil von ihm war. Der Droide sah aus wie das holographische Ebenbild von AMEM, dem System der Asteara.

Arom winkte ab. „Geringfügige Abweichungen sind normal, alles wird später noch genau aufeinander abgestimmt."

Ion nickte.

Er sah einen Gnom durch den Computerraum fahren. „Es passiert bereits", entgegnete er.

Er schaute umher.

„Unglaublich", sagte er. „Ich sehe mehr und mehr. Ich kann durch jede Kamera sehen, die an das System angeschlossen ist."

„Ich weiß", sagte Arom gelangweilt. „Ich hab das ja so eingerichtet."

„Das primäre System ist bereits vollständig hochgefahren“, berichtete EMEM in Form von Zurom.

„Die Höhlen werden wohl vorläufig unsere neue Heimat werden“, vermutete Ion. „Hier haben wir Platz für alle und sich geschützt vor den wilden Tieren und den Vila. Von hier aus können wir am besten planen, wie wir uns an der Oberfläche neu behaupten.“

Arom sah sich um. „Es gibt schlechtere Orte“, behauptete er.

„Ja es ist wirklich schön hier“, entgegnete Ion. Dann ging ein Ruck durch ihn hindurch. „Ich muss noch ein paar Dinge erledigen“, sagte er. „Du sicher auch.“

Mit diesen Worten entfernte er sich und ging zurück in die große Kristallhöhle.

„Allerdings, das habe ich“, sagte Arom. Seine Augen leuchteten.

*

Es war soweit. Es war Zeit, diese alte Hülle hinter sich zu lassen. Sie war ein angenehmes Zuhause gewesen, aber wie schon einmal zuvor kam auch dieses Mal wieder der Zeitpunkt, an dem es galt, das Alte hinter sich zu lassen und sich einer neuen, ungewissen Zukunft zuzuwenden.

Einen Augenblick lang war es furchtbar schmerzhaft. Die Hülle des Regenbogen-Schmetterlings brach am Rücken auf. Schnell jedoch gaben die Nerven des Körpers ihre Funktion auf. Erleichterung machte sich breit.

Wie eine Raupe aus Licht in allen Regenbogenfarben entstieg die neue Form des Lebewesens der Hülle. Ganz ohne Flügel bewegte sie sich aufwärts in die Luft, wand sich durch sie hindurch. Sie stieg einfach durch das Gestein hindurch immer höher und höher. Es fühlte sich einfach richtig an.

*

Kapitel 15: Bereinigung

Shana saß am Tresen des Standes für Speisen und Getränke, der in der großen Halle aufgebaut worden war. Sie genoss Sauerlatschensalat. Sauerlatschen waren große, fleischige Pflanzenblätter, behaart und mit weißen Punkten übersät. Sie schmeckten tatsächlich äußerst sauer und wurden daher für gewöhnlich mit einer stark süßen Sahne angereicht, die aus Milchkakteen gewonnen wurde. Sauerlatschensalat wurde üblicherweise trotz seines besonders hohen Nährwertes von allen Menschen gemieden, die nicht schwanger waren. Shana aß ihn mit Genuss.

Ion setzte sich neben sie. Die anderen Menschen am Tresen begrüßte er zwar kurz, doch dann verschwanden sie auch schon aus seiner Welt, in der im Augenblick nur seine Frau Platz hatte.

„Hast Du auch mal wieder Zeit für mich", sagte sie entspannt und mit einem sanften Lächeln.

Ion hielt ihre Hand und schaute ihr tief in die Augen. „Bald umso mehr", versprach er. Auch er war entspannt; so entspannt wie schon lange nicht mehr.

„Dann können wir ja demnächst gemeinsam unser Jäger-Training fortsetzen", freute sich Shana. Ion lächelte und nickte.

Eine Weile lang schwiegen sie und begnügten sich damit, einander zu haben und eine gemeinsame Zeit zu genießen.

„Möchtest Du meine Mediatorin werden?", fragte Ion schließlich.

„Noch mehr Aufgaben?", fragte Shana mit hochgezogenen Augenbrauen und einem gespielt gestressten Tonfall. „Ich darf mich nicht überanstrengen", sagte sie und hielt sich die Hand vor den Bauch.

„Das wird ganz entspannt", versicherte Ion ihr. „Ich helfe Dir dabei."

Shana setzte sich zurecht. „Beweise es! Bevor ich mich entscheide, ob ich mit Dir über den Planeten herrsche, lass und doch mal wieder etwas sehr Privates miteinander machen."

Ion schaute sie mit großen Augen an.

Shana nahm die Salatschüssel und hielt sie ihm unter die Nase. „Lass uns zum Beispiel mal wieder gemeinsam einen Salat genießen."

Ion verzog das Gesicht. Shana nahm einen Streifen Sauerlatschen mit Sahne und hielt ihn ihren Mann vor das Gesicht. Artig öffnete er den Mund und ließ die Fütterung über sich ergehen. Er verzog fast keine Miene beim Kauen, man sah ihm allerdings an, dass ihn genau das Mühe kostete.

„Ist gesund", sagte Shana amüsiert.

Ion nickte. „Ist lecker", log er.

Er drehte sich um, als er hörte, wie Leute näher kamen.

Eine Gruppe von Lao Chiya und eine Gruppe von Ino Chiya liefen gemeinsam durch die Kristallhöhle, als wäre es etwas ganz Normales. Sie begrüßten alle Menschen, die sich ihnen näherten, freundlich und entspannt. Die Anführer beider Gruppen kamen auf Ion und Shana zu.

Sie schauten in die Salatschüssel und sahen sowohl Shana wie auch Ion kauen. Sie lachten herzhaft.

„Der Menschen-Herrscher weiß, wo sein Platz ist", rief der weißhaarige Ino Chiya amüsiert. „Unter der Herrschaft seiner Gefährtin!"

„Das weise Tausenauge sieht genau, was es braucht, um den Frieden zu wahren", kommentierte der schwarzhaarige Lao Chiya anerkennend, aber auch belustigt.

„Schön, dass Ihr uns besuchen kommt", begrüßte der Archon die Chiya. „Gibt es einen besonderen Anlass? Sollen wir uns einen Platz zum Reden suchen?"

„Dein Platz ist hier, Tausendauge", sagte der Lao Chiya. „Wir kommen, damit unsere Völker sich kennen lernen können."

„Das ist toll", freute sich Ion. „Fühlt Euch wie zu Hause", sagte er mit einer offenen Geste.

Die Chiya, die ursprünglich etwas im Hintergrund geblieben waren, bemerkten dank ihres Geruchssinnes, dass es an dem Stand mehr gab als nur Sauerlatschensalat und umringten ihn. Mit großen, neugierigen Augen präsentierten Yenna und Ordon die Früchte, Backwaren, Speisen und Getränke, die sie hier anboten.

„Ich muss nochmal auf die Asteara", sagte Ion zu Shana.

„Ich komme mit Dir, ich will das Schiff auch einmal sehen", sagte sie.

Unauffällig entfernten sich Ion und Shana von der jetzt immer größer werdenden Menschenmenge, die sich um die teilweise noch völlig unbekannten neuen Gäste versammelte.

Auch Yotto wollte sich gerade interessiert zum Speise-Stand begeben. Er war Jäger von Liberin gewesen und hatte die Idee gehabt, das Dorf Novus in diesen Höhlen zu gründen. Er wurde dadurch der Richter von Novus. Nun war sein Dorf zum vorläufigen Zentrum der Welt geworden, da die Dörfer aufgegeben wurden auf Grund der steigenden Gefahr durch die Vila und durch die Schäden, die von der Armee in und um die Dörfer herum angerichtet worden waren.

Ion hielt ihn mit einer Geste auf.

„Einen Augenblick bitte, Yotto", sprach er ihn an. „Als Gründer und Verwalter von Novus fände ich es sehr angebracht, wenn Du einer meiner Mediatoren werden würdest."

Yotto überlegte nicht lange. „Alles klar", sagte er fröhlich und machte auch die entsprechende Geste der Jäger.

Ion war völlig aus dem Konzept gebracht, dass dieses Gespräch so schnell und einfach verlaufen war.

„Äh, ja", stotterte er. „Dann klären wir die Einzelheiten später, wenn ich von der Asteara wieder da bin."

„Oh", sagte Yotto und musterte den Archon genau, als ob er seinen Augen nicht traute. „Und ich dachte, Du wärst schon wieder da."

Ion wollte etwas sagen, aber Yotto winkte grinsend ab. „Hab schon verstanden", sagte er. „Dann bis später."

Die Bäckerin Godina hatte gerade eine Ladung Gebäck an den Stand gebracht und kam nun auf Ion und Shana zu.

„Ich möchte auf die Asteara", sagte sie entschlossen.

„Kein Problem, wir wollen gerade dort hin", antwortete Shana. „Komm doch mit uns mit."

Die Drei verließen die Höhle und kamen dabei an den Giganten Kilorom, Megarom und Gigarom vorbei, drei Berge von Droiden.

„Passt gut auf Euch auf", sagte Kilorom. „Die Wildnis ist kein Spielplatz."

„Nehmt lieber Feen und Überwachungsgeräte mit, wenn ihr einen Ausflug macht", sagte Megarom im belehrenden Ton und mit einem erhobenen Finger.

„Sagt anderen Bescheid, was ihr vorhabt und nehmt Geräte mit, durch die man Eure Position ausfindig machen kann", riet ihnen Gigarom.

Der Archon lachte. „Samush hätte seine helle Freude an Euch. Danke für eure wertvollen Hinweise, aber wir fliegen auf die Asteara", antwortete er den freundlichen Giganten.

„Oh, das ist ja spannend", rief Kilorom. „Nehmt Ihr mich mit?"

„Wir müssen doch die Höhlen bewachen", erinnerte Megarom ihn an seine Aufgabe.

„Warum hat mir das keiner gesagt?", fragte Gigarom in gespielter Verwirrung. „Ich dachte, wir warten hier auf eine Lieferung von Microchips."

„Was sind Microchips?", fragte Kilorom.

Die unsinnige Diskussion ging weiter, aber Ion, Shana und Godina machten sich mit einem wortlosen Gruß auf den Weg zum roten Drachen, der nicht weit entfernt stand.

Die Luke stand auf. Ion warf einen argwöhnischen Blick hinein. Arom saß am Steuer und bereitete das Fluggerät auf den Start vor. „Ihr habt Euch ja Zeit gelassen", sagte er ohne sich Umzudrehen.

„Du kannst wohl ziemlich gut vorhersehen, was wir so als nächstes tun", sagte Ion.

„Machst Du Witze?", fragte Arom. Immer noch war er scheinbar ganz mit der Konsole vor sich beschäftigt. „Ich hab Euch über Generationen studiert und analysiert. Es war meine Aufgabe, für die ich erschaffen wurde. Ich habe meine Doktor-Arbeit darüber geschrieben.“

„Was ist eine Doktor-Arbeit?“, fragte Shana.

„Er macht nur Witze“, sagte Ion.

„Hast Du auch gewusst, dass ich mitkommen würde?“, fragte Godina mit gespieltem Interesse.

„Nicht nur das“, antwortete Arom zu ihrer Überraschung. „Ich habe sogar ein Werkzeug für Dich, das Du auf der Asteara brauchen wirst. Es passt zu deinem Berufsstand, wird aber heutzutage nicht mehr verwendet. Vielleicht führst Du es ja wieder ein. Ich habe es übrigens selber hergestellt.“

Er überreichte Godina eine längliche Schachtel. Sie warf einen Blick hinein. „Was soll ich“, fing sie an. Sie blickte einen Augenblick lang ins Leere und schien ein Bild vor Augen zu haben. Dann lachte sie. „Danke“, sagte sie und machte die Schachtel erst einmal wieder zu.

„Anschnallen, bitte“, sagte Arom und die Luke des roten Drachen schloss sich.

Der rote Drache hob ab und ließ den Planeten schnell und scheinbar mühelos unter sich zurück.

Die Reise zur Asteara verlief problemlos. Sie flogen einen Hangar an und stiegen aus, nachdem dieser wieder mit Luft gefüllt war.

„Ich weiß, wo wir hin müssen“, sagte der Ar-chon, der über sein künstliches Auge automatisch wieder Zugriff auf die Systeme des Raumschiffes hatte.

Ion, Shana und Arom machten sich auf den Weg zur Brücke, dem Kommando-Deck der Asteara.

„Ich schaue mich mal selber um", sagte Godina geheimnisvoll. „Wartet nicht auf mich, wenn Ihr das Schiff wieder verlassen wollt. Ich komm schon zurecht."

Mit diesen Worten verschwand sie mit ihrer Schachtel im nächsten Gang, als hätte sie ein Ziel und einen Plan.

Die Brücke war ein großer Raum voller verschiedener Terminals und einem riesigen Bildschirm, auf dem die unendlichen Weiten des Weltraums zu sehen waren.

In der Mitte des Raumes waren drei Sitzplätze installiert. Der mittlere war am größten. Alle drei hatten kleine Konsolen in die Armlehnen eingearbeitet, die bei Bedarf mit einem durchsichtigen Schutz abgedeckt werden konnten.

Dentalion stand zwischen der Sitzgruppe und dem großen Bildschirm. Er trug ein Rüschenhemd, einen Frack, einen Zylinder und schwere Stiefel. An den Händen trug er Handschuhe, aus denen seine Fingerspitzen heraus schauten. Sie hatten Löcher über den Knöcheln. Es schien, als hatte er sich den Stil bei Kessaya abgeschaut oder bei der Truppe des Erdherzen-Ordens, welcher er auf dem Vergnügungsdeck begegnet war.

„Willkommen an Bord", begrüßte er die Besucher feierlich.

„Hallooo", rief Akyu von einer Konsole aus und winkte wild mit den Armen.

Zosoniak stand an einer anderen Konsole und grüßte herzlich aber wortlos.

Samush und Manjaro standen an einer weiteren Konsole, sahen zerknirscht aus und trauten sich kaum, aufzublicken, nickten jedoch kurz.

„Schön, dieses fähige Team bei der Arbeit zu sehen", sagte Ion entspannt, um etwas freundliches zu sagen, das vor allem Samush und Manjaro mit einschließen sollte. „Ich freue mich, dass es Euch gut geht."

„Ich habe mich etwas mit der frühen Geschichte der Menschheit auseinandergesetzt", begann Dentalion ohne weiter Umschweife seine Ideen zu erläutern. „Mein Rang soll ‚Admiral' heißen. Meine Mediatoren sollen ‚Kapitäne' genannt werden. Die Generäle behalten ihre Bezeichnung. Das passt so viel besser zu den Begriffen der Armee."

„Gut", sagte Ion, „dann machen wir das so."

Dentalion wirkte erleichtert. Vielleicht hatte er Angst gehabt, dass sein Vorschlag abgelehnt oder lächerlich gemacht werden würde, oder vielleicht auch, dass Ion nun doch die Herrschaft über das Raumschiff behalten wollte. Er atmete tief durch und schien zufrieden zu sein.

„Die Astrophysik hat ihre Dienste bereits wieder aufgenommen", sagte der junge angehende

Admiral. Als er sah, dass seine Worte nicht verstanden wurden, erläuterte er sie: „Die Station für die Erkundung des Weltalls. Es gibt ein System nicht weit entfernt von hier, das einen Planeten besitzt, auf dem ebenfalls Leben besteht."

„Nicht weit entfernt von hier", unterbrach ihn Arom mit erhobenem Finger, „ist in diesem Fall ein sehr relativer Begriff. Der Weltraum ist sehr groß, und das ist noch untertrieben."

„Wir wollen dieses System erkunden und überprüfen, ob man den Planeten besiedeln kann", sagte Dentalion. Wieder klang er unsicher bei seinen Worten, was seine Befürchtung ausdrückte, dass Ion ihm dies verbieten würde.

„Du bist der Admiral", sagte Ion. „Du entscheidest, was mit der Asteara passiert. Es wäre möglicherweise ein unsachgemäßer Gebrauch von Ressourcen, wenn das Raumschiff nur als eine fliegende Unterkunft diesen würde."

„Genau", rief Dentalion entzückt und freute sich.

„Aber es wäre schön, wenn Du dies öffentlich ankündigst", gab Ion zu bedenken, „damit die Menschen auf dem Schiff und auf dem Planeten vorher für sich entscheiden können, ob sie mit Euch kommen wollen oder lieber auf dem Planeten ansiedeln."

„Selbstverständlich", sagte Dentalion fast entrüstet. „Ich habe den Text bereits vorbereitet und werde ihn nachher im Kumono-Forum veröffentlichen."

„Hier passiert etwas", rief Samush aufgebracht. Er fand vor Aufregung keine Worte, die seine Beobachtungen beschreiben könnten. „Im Weltall", kam ihm Manjaro zur Hilfe, war jedoch genau so aufgeregt und wortlos.

„Könnt Ihr es auf den Schirm bringen?", fragte Dentalion.

Angestrengt blickten die beiden angehenden Kapitäne über die Konsole. Zosoniak kam dazu und drückte schnell auf der Konsole herum.

Auf dem Bildschirm wechselte das Bild. Es zeigte immer noch den Weltraum, doch einen Ausschnitt, der nicht vor, sondern an der Seite der Asteara lag. Ein schwarzer Würfel wurde langsam in der Mitte des Bildes sichtbar; vor allem deswegen, weil die Kanten des Würfels anfingen, in einem sanften Licht zu leuchten.

„Was ist das?", fragten alle Menschen im Raum gleichzeitig ehrfurchtsvoll.

„Wenn ich raten sollte", antwortete Arom im nüchternen Tonfall, „würde ich vermuten, dass dies ebenfalls ein Raumschiff ist. Und wenn es mir erlaubt ist, weitere Vermutungen anzustellen, so würde ich behaupten, dies wäre ein Schiff der Chiya."

„Das Schiff der Engel", raunte Akyu mit großen Augen.

„Was dort aussieht wie bunte Raupen aus Licht", erklärte der Droide, während genau das Beschriebene am Würfel sichtbar wurde, „sind wahrscheinlich tatsächlich feinstoffliche Lebensformen, die sich entweder als vermutlich harmlose Parasiten von den elektromagnetischen Feldern des Würfels ernähren, oder sogar zur reibungslosen Funktion des Raumschiffes beitragen. Im letzteren Fall würde ich vermuten, dass dieses Raumschiff als eine Kooperation beider Chiya-Völker entstanden ist.“

„Das kann aber auch alles falsch sein, was Du gesagt hast?“, fragte Manjaro nach und schob sich den Hut hoch, als würde es ihm jetzt helfen, mehr zu sehen.

„Ja“, bestätigte Arom nüchtern.

„Akyu, Samush“, rief Dentalion. „Schaut Euch das doch einmal mit eigenen Augen von der Beobachtungsplattform aus an. Vielleicht sieht man da ja mehr. Erstattet dann Bericht.“

Die beiden machten sich sofort auf den Weg.

„Ich kann die notwendigen Änderungen alle von hier aus vornehmen“, sagte Ion. „Nur die Abzeichen kann ich natürlich nicht hier herstellen. Aber ich kann ihre Produktion von hier aus anweisen. Ich habe mir einen zusätzlichen Sicherheitsmechanismus ausgedacht, so dass die Abzeichen auf Euch abgestimmt sind und nur mit Euch funktionieren, solange ihr das nicht selber ändert. Hat etwas mit Gehirnwellen zu tun, die Details lassen sich in den Dokumenten finden, die ich dazu erstellt habe. Soll ich noch weiter Änderungen vornehmen?“

„Vielen Dank“, sagte Dentalion. „Alles weitere werden wir dann selbst in die Hand nehmen. Wir müssen ja selbst das System kennen lernen und den Umgang damit lernen."

Ion nickte verständnisvoll und blickte mit den Augen umher.

„Schön zu sehen, wie sich das Leben auf dem Schiff entwickelt", bemerkte er, während er sich mit Hilfe seines künstlichen Auges auf dem Schiff umsah. „Meine Befehlsmacht endet, sobald Du dein Abzeichen an Dich nimmst und es damit aktivierst", erklärte er mit einem Seitenblick auf Arom.

In einer Produktionshalle auf einem anderen Deck nahm ein Gnom des Schiffes eine Schatulle mit fünf frisch produzierte Abzeichen an sich und machte sich auf den Weg zu seinem Ziel.

„Ich überlasse Dir als Admiral des Schiffes Arom als einzig und alleine Dir unterstellten Droiden", erklärte Ion. Er drehte sich zu Arom. „Ich hoffe, das ist in Ordnung", sagte er mit einem fragenden Ton in der Stimme.

„Ich hab doch längst alle Vorkehrungen dafür getroffen", meinte Arom und winkte ab. „Weswegen bin ich denn wohl sonst hier", sagte er, ganz ohne fragenden Ton in der Stimme.

„Dann bleibt mir nur noch, Euch eine gute Reise zu wünschen, sobald es los geht", sagte Ion. „Ich werde wohl bis dahin nicht nochmal an Bord kommen, wenn es nicht erforderlich ist."

Ion und Dentalion schüttelten sich die Hand. Beide hatten diesen Augenblick nicht für möglich gehalten. Sie schauten sich an wie neue aber bereits tief verbundene Freunde.

„Ich hoffe, Ihr kommt auch wieder zurück", sagte der Archon.

„Das werden wir", versprach Dentalion feierlich.

*

Samush und Akyu standen auf der Beobachtungsplattform und blickten durch ein riesiges Fenster in den Weltraum hinein.

„Warum hast Du Dich entschieden, den Planeten zu verlassen?", fragte Akyu.

Samush blickte beschämt zu Boden. „Ich hab das Gefühl, dass ich neu anfangen muss", erklärte er. „Ich hab Fehler gemacht, die man mir wahrscheinlich nicht verzeihen kann."

Akyu schüttelte den Kopf. „Aber wir machen doch alle Fehler", widersprach sie ihm indirekt.

„Ich denke einfach, es ist besser so", meinte Samush, aber scheinbar nicht vollständig überzeugt von seinen eigenen Worten.

„Hm", macht Akyu nachdenklich. „Also, ich mache ständig Fehler. Große und kleine. Und es tut mir jedes Mal leid. Aber ich versuche dann einfach, es besser zu machen. So wachse ich und werde immer besser. Das zahlt sich aus für alle. Glaube ich zumindest."

Samush kamen bei ihren Worten fast die Tränen. „Du hast wahrscheinlich Recht", sagte er und blickte auf Akyus Hand. Diese zog einen Würfel aus Licht aus ihrer Tasche. „Was ist das?", fragte er.

„Es ist ein besonderer Computer, haben sie gesagt.", antwortete sie. „Er vermittelt mir Wissen. Interessanterweise hab ich letztens noch einen Bericht von Naga und Mmmmh", sie stockte kurz, „Morafey gelesen. Sie reden von einer Astralebene, über die man Informationen erlangen kann. Dieser Computer hier macht wohl etwas ganz ähnliches. Sie haben es mir erklärt, aber ich habe es nicht verstanden. Sie haben gesagt, das macht nichts, ich könnte den Computer benutzen, um es zu lernen."

„Wer ist ‚sie'?", fragte Samush.

„Die Ino Chiya", antwortete Akyu. „Warum sie ausgerechnet mir das geschenkt haben, weiß ich auch nicht. Aber sie haben mich wohl für etwas besonderes gehalten."

„Das bist Du", sagte Samush und blickte sehnsüchtig in den Weltraum hinaus.

Eine Raupe aus buntem Licht kam von irgendwo her und gesellte sich zu den anderen am Würfel. Vielleicht war sie vom Planeten gekommen. „Willkommen zu Hause", murmelte Samush.

„Ah", machte Akyu verwirrt. „Es ist wirklich ein Raumschiff der Chiya", sagte sie. „Ich hab es gerade von diesem Computer gesagt bekommen. Der sieht ja auch so aus wie der Würfel da draußen."

„Das ist ja fantastisch", sagte Samush tonlos. Er hatte kaum mitbekommen, was Akyu gesagt hatte. Er hing seinen eigenen Gedanken nach.

Er merkte nicht, wie sich hinter ihnen die Tür öffnete. Akyu bemerkte es und drehte sich um. Godina betrat den Raum und hielt dabei ein längliches Objekt aus hellem Holz in der Hand. Sie sah erst erleichtert aus, als sie Samush sah, und hielt sich dabei die freie Hand auf das Herz. Dann schaute sie allerdings plötzlich sehr wütend. Sie hielt das Objekt aus Holz umso fester.

„Was ist das?", fragte Akyu. Sie lauschte.

„Was ist was", murmelte Samush.

Akyu schaute hin und her zwischen der sich nähernden Godina und Samush.

„Und was macht man mit einem Nudelholz?", fragte sie und lauschte wieder.

*

Ion und Shana begaben sich zu dem Hangar, in welchem der rote Drache stand.

„Was Godina wohl hier gewollt hat?", fragte Ion.

„Sie will bestimmt Samush zur Rede stellen", vermutete Shana, „und ihn dazu bewegen, wieder mit ihr auf den Planeten zurück zu kehren."

„Ah", sagte Ion. „Ich verstehe, die Liebe. Sie ist doch die stärkste Kraft im Universum."

Direkt vor dem roten Drachen hielt er an. „Ich kann noch nicht gehen", sagte er.

Shana schaute ihn fragend an.

Ion blickte unsicher in der Luft umher. Und nur Augenblicke später konnte er nichts mehr sehen; sein Zugriff auf die Systeme der Asteara wurde deaktiviert. In seinem künstlichen Auge klappten Menüs zusammen, bis sie vollständig verschwunden waren und ein rotes Kreuz in sein Sehfeld oben links trat. Auch das erlosch schließlich.

„Es hat alles geklappt", sagte Ion erleichtert. „Das Schiff wurde Dentalion übertragen und Godina hat Samush gefunden."

„Die beiden passen zueinander", sagte Shana.

Sie stiegen in den roten Drachen und verließen die Asteara, um sich wieder nach Kumono zu begeben.

Unterwegs, abgetrennt von alles Systemen, hatten sie Zeit, mal wieder etwas sehr Privates zu machen.

*

Ion wanderte durch die Höhlen von Novus und begutachtete die vorangehenden Arbeiten. Innerhalb weniger Tage war das Höhlensystem zu einer kleinen Stadt umgewandelt worden, die ihren ganz eigenen Charme hatte.

Wohnräume, Räume für Arbeitsanlagen und für Technik, Räumlichkeiten für die Gilden der Jäger, Mediziner, Wissenschaftler und natürlich Räumlichkeiten für menschliches Beisammensein, Austausch sowie für den künstlerischen Ausdruck waren dank der technischen Möglichkeiten geradezu aus dem Nichts entstanden und hatte dabei die anmutige Natürlichkeit so gut wie es ging erhalten und mit einbezogen.

Der Computerram sowie Höhlen, die aus verschiedenen Gründen als unsicher eingestuft wurden, waren mit Sicherheitstüren oder Schotts abgeriegelt worden.

Was nicht abgeriegelt war, waren die Räumlichkeiten für die Führung der Menschen. Der Archon war der Meinung, dass die Führer der Menschen ihnen immer präsent sein sollten, und ihnen jederzeit Rede und Antwort stehen mussten, wenn es verlangt wurde.

Ion ging in das Büro des Archon und setzte sich an den Schreibtisch aus Kristall. Ein Bildschirm und ein Terminal standen auf der Tischplatte.

Er fing an zu schreiben.

*

[Kumono-Forum]

Thema: Zukunft der Menschheit

Ich habe herausgefunden, dass die Menschheit sich in der Vergangenheit immer wieder hat beherrschen lassen. Oft gegen ihren Willen, ebenso oft ohne ihr Wissen.

Die Herrschenden setzten immer wieder Fehlinformationen, Gewalt, Ablenkung, inszenierte Ereignisse bis hin zu schweren Katastrophen ein, um in den Köpfen der Menschen eine Welt zu schaffen, in welcher die Menschen dachten, was sie denken sollten, damit sie taten, was sie tun sollten.

Muss eine Menschheit geführt werden, und wenn ja, wie?

Ich denke, Macht sollte zumindest möglichst dezentral sein. Möglichst viele Menschen sollten möglichst viel Macht haben, sich ihrer bewusst sein und verantwortungsvoll damit umgehen. Dafür müssen diese Menschen Zugang zum dafür erforderlichen Wissen haben. Sie müssen die Wege und die Irrwege der Macht kennen sowie die verschiedenen Formen, die Macht annehmen kann.

Je mehr ein Mensch mit seinen Mitmenschen verbunden ist, umso mehr wird er seine Macht auch zum Wohle der ganzen Gemeinschaft einsetzen wollen. Um also möglichst viele Menschen zu ermächtigen, lasst uns ganz bewusst miteinander verbinden.

Und so werden wir auf ganz natürliche Art und Weise herausfinden, wie wir die Macht am besten strukturieren können, und die alten Strukturen werden an Bedeutung verlieren. Alle sind aufgerufen, hieran mitzuwirken. Vielleicht wird der Bürger-Kodex entsprechend angepasst werden müssen. Auch Gedächtnissteine sollten hier in Zukunft von unseren Erkenntnissen und Fortschritten berichten.

In meinem nächsten Beitrag wird es um Feuerkäfer und um Windhörnchen gehen, wenn ich meine Gedanken dazu sortiert habe. Es wird hoffentlich noch einmal verdeutlichen, wovon ich hier schreibe.

Signatur: Ion, Archon – Büro des Archon

*

Der höchste Herrscher Kumonos lehnte sich zurück, verschränkte die Arme hinter dem Kopf und schloss die Augen. Er träumte von einer besseren Zukunft. Einer noch besseren. Und er wusste, er hatte die Macht, die richtigen Dinge dazu in Bewegung zu bringen, die notwendigen Anstöße zu geben. Er wollte noch mehr darüber lernen, wie dies anzustellen war.

Die Tür öffnete sich. Naga und Morafey kamen hinein. Naga trug zwei Becher Kaffee, Morafey trug ihren und führte ein kleines Hand-Terminal mit sich.

Ein Fönix saß auf der Schulter der Jägerin, ein kleiner Vogel mit einem langen und eleganten Federkleid. Seine Farben gingen von einem hellen

Orange auf dem Kopf zu einem tiefen Rot an den Schwanzfedern über.

Naga stellte den zweiten Kaffee vor Ion ab.

„Das duftet", frohlockte Ion und rieb sich die Hände. „Ich genehmige Eure Bitte."

Sie lachten. Das Thema Macht und ihr Missbrauch hatte sich in ihre Köpfe eingebrannt und zum Nachdenken bewegt. Aber es hatte ihnen nicht den Humor genommen.

„Ich hab Dir einen Vogel mitgebracht", präsentierte Morafey den Fönix und stellte ihn auf den Tisch.

„Damit der, den Du schon hast, nicht so alleine ist", ergänzte Naga frech und sorgte seinerseits für Gelächter.

„Ein Roboter", kommentiert Ion, als er sah, dass der Vogel sich nicht bewegte.

„Du kannst ihn dir vor das Büro stellen, dann kannst Du immer sehen, wer kommt", erklärte die Jägerin.

„Oder Du fliegst einfach ein wenig durch die Hallen", schlug Naga vor.

„Beides gute Ideen, danke", sagte Ion und freute sich, in guter Gesellschaft zu sein. „Aber ich glaube, Ihr habt mir auch Arbeit mitgebracht", äußerte er seine Vermutung und zeigte auf das Hand-Terminal von Morafey, welches sie ihm ohne Umschweife überreichte.

„Wir wollen eine neue Gilde gründen", kommentierte Naga. „Wir wollen die Fähigkeit des astralen Reisens vermitteln und die Wege, diese Fähigkeit zu nutzen. Außerdem wollen wir erforschen, was für astrale Fähigkeiten wir noch entwickeln können."

„Wir dachten an den Begriff ‚Astral-Jäger'", sagte Morafey. „Vor allem, weil wir eine vorherige Ausbildung zum Jäger für sinnvoll halten und dies möglicherweise als Voraussetzung aufnehmen wollen."

Ion nickte. „Eine weitere gute Idee", stimmte er zu, „ein gewissen Vorwissen vorauszusetzen und die damit verbundene Macht an Bedingungen zu knüpfen."

Er schaute zwischen den beiden Jägern hin und her. „Also, von mir aus gerne. Schaut Euch um und sucht nach einer geeigneten Halle für eure Zwecke. Sobald Shana und ich fertig sind mit unserer Ausbildung zu Jägern, werden wir auch zu Euch stoßen."

„Wir haben schon eine passende Höhle gefunden", sagte Naga. „Aber sie liegt weit entfernt von allen derzeit als sicher gekennzeichneten Zonen. Was auch eine gewisse Absicht ist. Nicht, um die Gilde zu verstecken, sondern um einen recht abgeschirmten Ort zu haben, an dem man ganz ungestört ist."

„Was immer Ihr braucht, steht Euch zur Verfügung", sagte Ion. „Ich freue mich schon darauf, sie zu sehen, wenn sie fertig ist."

Sie verabschiedeten sich herzlich.

Ion wartete noch eine Weile untätig in seinem Büro. Dann machte er sich auf den Weg zum Computerraum, der mittlerweile von einer Sicherheitstür geschützt wurde.

Er betrat den Raum und wartete, bis sich die Tür hinter ihm geschlossen hatte.

„Das hat ja gedauert", sagte Arom zwischen den Computer-Säulen stehend, mit einem Blick auf sein Handgelenk, als gäbe es dort etwas zu sehen, was einen Hinweis auf die Zeit gab.

„Hier versteckst Du Dich also", entgegnete Ion. „Ich hab schon befürchtet, dass Du Dich doch nicht verdoppelt hast und mich auf dem Planeten ohne deine Hilfe zurückgelassen hättest. Aber ich dachte auch, Du kommst mich in meinem neuen Büro besuchen und bringst ein Geschenk mit."

Arom hustete, was ein Droide nicht nötig hat.

„Hast Du Dich also doch dazu entschieden, ein Lügner zu werden", gab er anschließend von sich, mit wenig Gefühl in der Stimme.

Ion schmunzelte und erklärte sich: „Dentalion hätte vielleicht sonst nicht mitgespielt, oder erst, wenn es zu spät gewesen wäre."

„Aber ich wette", sagte Arom, „Du hast ihn noch einmal angelogen."

Ion nickte. „Ja, ich hatte das Gefühl, ich konnte nicht anders. Ich wollte ihm doch nicht so ganz die komplette und alleinige Herrschaft über die Asteara übertragen, nach all dem, was passiert war. Ich

wusste ja nicht, ob er tatsächlich schon so weit
war. Der Arom auf der Asteara ist noch einen
Rang höher als Dentalion. Er kann also jederzeit
eingreifen und im Notfall auch das Kommando
übernehmen. Das ist im System verankert, aber
verdeckt und für niemanden zu erkennen.“

Ion konnte sich ein Lächeln nicht verkneifen.
„Mehr noch“, sagte er, „untersteht mir der Arom
der Asteara, was mich weiterhin zum heimlichen
Archon über die Asteara macht. Nur habe ich eben
kein Interesse daran, von dieser Macht Gebrauch
zu machen, so lange die Notwendigkeit nicht besteht. Ich habe mich ebenfalls mit der Geschichte
der Menschheit und den alten Systemen von Rängen beschäftigt. Der Arom der Asteara ist jetzt
Flottenadmiral und somit berechtigt, alle Schiffe
mit dem AMEM-System zu kommandieren, die aus
der Asteara hervorgehen. Für den Fall, dass es
mal andere Schiffe geben wird.“

„Die wird es geben“, bestätigte Arom. „Du
siehst es doch bestimmt schon. Dein astrales
Auge ist so geöffnet, wie dein natürliches und dein
technisches Auge, nur noch nicht trainiert. Damit
bist Du ein wirklich einzigartiger Herrscher.“

„Sapient muss auch einzigartig gewesen sein,
wenn er sich einen Arom ausgedacht hat, der auf
die Menschheit aufpasst und im Hintergrund die
Fäden zieht“, sagte Ion.

„Jetzt befolge ich deine Befehle, Archon“, sagte
Arom förmlich.

„Ich glaube, Du hast deine Arbeit sehr gut gemacht“, erwiderte der Herrscher über den Plane-

ten, „und ich denke, erst einmal solltest Du einfach so weiter machen wie bisher."

Arom verbeugte sich.

„Nur eine Sache", sagte Ion. „Ab jetzt heißt Du Airom und solltest deine Farbe ändern, sonst kommen wir alle noch durcheinander."

*

Die Regenbogen-Lichtraupe hatte ihre alte Heimat verlassen und brach zu neuen Ufern auf. Wer weiß, was sie dort noch alles auslösen würde.

Ion und seine Freunde hatten ihr Ziel erreicht, die Geheimnisse ihrer Vergangenheit zu ergründen, die Technik der Menschheit zu reaktivieren und ein für den Augenblick sicheres zu Hause geschaffen.

Auf dem Planeten entwickelte sich das Leben weiter, und damit auch die Menschheit. Eine neue Zeit begann. Aber das ist eine andere Geschichte.

Die Asteara brach zu einem neuen Sonnensystem auf. Sie wurde von dem Raumschiff der Chiya begleitet, und gemeinsam betraten sie eine neue Welt. Aber auch das ist eine andere Geschichte.

Die Zukunft war ein unbeschriebenes Blatt. Es sei denn, jemand hatte schon wieder einen Plan und zog im Hintergrund die Fäden...

*

Yenna: Hallo Kumono! Hier ist endlich wieder ,Abenteuer Kumono', der Radiosender für all die

Forscher, Entdecker und Abenteurer da draußen. Wir sind wieder auf Sendung. Ich hoffe, Ihr habt uns vermisst. Wir jedenfalls haben Euch vermisst.

Wir werden Euch später eine komplette Zusammenfassung der Ereignisse präsentieren, seit die Technik wieder Einzug in unsere Welt gefunden hat.

Ordon: Es wird Spezialsendungen geben zu unserem neuen Herrscher, dem Archon Ion. Wir kennen und lieben ihn alle. Das System der Herrschaft wird beleuchtet werden. Dann werden wir von unseren Nachbarn berichten, den Chiya: Ein Volk, das schon länger auf Kumono lebt als wir, ohne dass wir davon wussten. Auch die Hintergründe dazu werden erläutert werden. Und wir werden Euch alles darüber erzählen, wie es zu der großen Katastrophe kam, soweit dies jedenfalls bereits aufgedeckt wurde.

Kessaya: Ich bin auch wieder mit dabei und werde Euch von meinen Abenteuern erzählen!

Yenna: Wer werden Euch alles über die Asteara berichten, wie es damals war, und wie es heute ist. Und hiermit verkünden wir auch, dass die Asteara wieder abflugbereit gemacht wird. Ja, bald wird die Menschheit ein neues Sonnensystem anfliegen und erforschen. Vielleicht werden wir uns dann auf einem neuen Planeten ansiedeln. Wer noch mitfliegen will, sollte schnell seine Sachen packen.

Ordon: Außerdem laufen die Forschungen auf Hochtouren zu einem vollkommen neuen Forschungsgebiet – der Astralwelt und den astralen Fähigkeiten, die in jedem Menschen angelegt sind. Die Jäger Morafey und Naga gründen dazu eine völlig neue Gilde.

Yenna: Wie geht es mit der Menschheit weiter? Das ist überhaupt die größte Frage, die hier im Raum steht. Wie werden wir den Planeten zurückerobern? Wie werden wir uns wandeln? Wohin wird das alles führen?

Kessaya: Jetzt erst einmal Musik!

Ordon: Kessaya, bitte nicht einfach irgendwelche Knöpfe

[Musik]